KB123926

이것이 법이다

이것이 법이다 111

2021년 5월 4일 초판 1쇄 인쇄
2021년 5월 10일 초판 1쇄 발행

지은이 자카에프
발행인 김정수 강준규

기획 이기헌 왕소현 박경무 강민구
책임편집 최전경
마케팅지원 배진경 임혜솔 송지유 이영선

발행처 (주)로크미디어
출판등록 2003년 3월 24일
주소 서울시 마포구 성암로 330 DMC첨단산업센터 318호
Tel (02)3273-5135 **편집** 070-7863-8592 **Fax** (02)3273-5134
홈페이지 rokmedia.com **E-mail** rokmedia@empas.com

ⓒ 자카예프, 2015

값 8,000원

ISBN 979-11-354-8914-3 (111권)
ISBN 979-11-255-9575-5 04810 (세트)

이것이 법이다

111

자카예프 장편소설

로크미디어

CONTENTS

순장

"때가 된 것 같아."

침대에 누워 있는 안당. 그녀의 주변에는 여러 가지 기계 장치가 붙어 있다.

전부 다 비상용이다. 치료용이 아니다.

하지만 안당 마님은 마치 마음의 준비를 마친 것처럼 담담했다.

"금방 털고 일어나실 겁니다."

안당 마님은 노형진을 보면서 혀를 찼다.

"예끼, 나보고 얼마나 더 고생하라고. 노친네가 슬슬 떠날 때가 된 것뿐이야. 헛소리하려고 왔거들랑 돌아가."

안당 마님은 딱히 아픈 건 아니다.

하지만 한계가 오고 있었다.

노환. 당장 크게 아픈 곳은 없지만 그렇다고 그녀의 생명이 길게 남은 것도 아니다.

'하긴, 원래 역사에서는 이미 죽었어야 하는 사람이니까.'

하지만 그녀는 노형진 덕분에 살아남았다.

그러나 노형진이 신도 아니고, 그녀의 노화까지 막을 수는 없다.

"이미 나도 마음을 굳히고 있네. 아마도 내년의 새 해는 못 보겠지."

"어르신, 그런 소리 하지 마십시오."

"나를 얼마나 부려 먹으려고? 그런 소리 하려거들랑 가라니까!"

"저를 부른 건 어르신입니다만?"

"아, 그랬지."

확실히 기억이 가물가물해지고 있다.

그것도 최근에 말이다.

치매가 오지는 않았지만 요 근래 빠르게 말라 가고 또 빠르게 늙어 가고 있다.

누가 봐도 생의 마지막이 다가오고 있는 것이다.

"이상하구먼. 세상을 호령하던 내게 남은 곳이라고는 이 작은 방이 다라니."

"누구나 마찬가지이지요."

멍하니 지는 노을을 바라보는 안당 마님.

"저 해처럼 누군가는 져야 하는 것인지도 모르지."

"결국 누구에게나 공평한 게 죽음이니까요."

"그렇지."

안당 마님은 왠지 새로운 느낌으로 노을을 바라보았다.

하긴, 그녀는 수십 년간 대한민국의 어둠의 세계를 통제하면서 수많은 인간 군상과 어마어마한 권력자들을 만났다.

하지만 그 누구도 죽음이라는 마지막을 피하지 못했다.

그건 자신도 마찬가지일 터라, 그녀는 착잡함을 감출 수가 없었다.

"해는 지고, 새로운 사람이 이제 세상을 이끌겠지."

노형진은 아무런 대꾸도 할 수가 없었다.

죽음이 코앞에 온 걸 느낀 사람에게 뭐라고 해야 할까?

고생했다? 아니면 건강하게 일어날 거다?

어떤 말도 그의 마음을 대변할 수는 없다.

"물론 가기 전에라도 최대한 몸부림을 치는 게 좋겠지만 말이야."

"무슨 말씀이신지?"

사실 후계 작업은 거의 끝난 것이나 다름없다.

안당 마님은 손예은 변호사를 자신의 후임으로 점찍어서 그동안 키워 왔고 벌써 오래전부터 그녀는 안당을 대신해서 모든 걸 지배하고 있다.

물론 안당이 그랬듯 스스로 술을 따르며 정보를 모으는 것은 아니지만, 그 아래에 있던 모든 사람들을 통제하는 건 손예은이 충분히 할 수 있는 일이다.

하지만 그렇다고 해서 안당의 마음이 놓이는 건 아니다.

손예은은 손예은대로의 한계가 있다는 걸 알기에.

"노 변호사, 자네는 손 변호사에 대해 어떻게 생각하나?"

"네? 갑자기 무슨 말씀이신지?"

"여자로서 물어보는 게 아니야. 애초에 그 애, 내년에 결혼이야. 알잖아?"

"알고 있습니다."

결국 열두 살 많은 평범한 남자와 그녀는 결혼하기로 했다.

참으로 그녀다운 선택이기는 하다.

"하지만 그 애에게는 부족한 게 있지. 노 변호사는 뭐가 문제인지 알지?"

"그분은……."

노형진은 잠깐 침묵을 지켰다.

안당 마님이 무슨 말을 하고 싶은지 알기 때문이다.

사실 좋은 말로 칭찬할 수도 있다.

하지만 마지막 순간, 좋은 말을 듣기 위해 안당이 노형진을 불렀을 리가 없다.

"피를 볼 성격은 못 되죠."

차갑게 보이고 감정 표현이 서툰 그녀다. 하지만 의외로 마음이 독하지 못하다.

노형진은 적에게라면 웃으면서 등 뒤에서 칼을 수백 번이라도 꽂아 줄 수 있다.

하지만 손예은 변호사는?

무리다. 그건 아무리 봐도 무리다.

피를 봐야 하는 순간에도 그녀는 피를 보지 못한다.

"후계자 정리는 대부분 끝나지 않았습니까?"

그걸 누구보다 잘 아는 게 안당 마님이다.

그래서 누구보다 손예은에게 방해될 만한 사람들을 가차 없이 정리해 왔다.

이제 그 누구도 손예은이 안당 마님의 자리를 승계하는 것에 대해 불만을 가지지 못한다.

"누구도 불만을 가지지 못하겠지. 내가 살아 있다면 말이야."

안당은 이제 완전히 사라진 태양이 있던 쪽을 바라보다가 노형진을 돌아보았다.

"그게 무슨 말씀이십니까?"

"이 세계에서 나 혼자 살 수는 없지. 안 그런가? 누군가 믿을 만한 사람이 있어야 하지. 세상은 독고다이가 아니니까."

"으음……."

노형진은 안당 마님이 뭘 부탁하려는 건지 바로 알아차렸다.

누구도 한 자리에서 혼자만의 힘으로 살아남을 수는 없다.

특히나 어둠의 세계에서 여자 혼자의 힘으로?

그건 무척이나 힘든 일이다.

"순장을 하실 생각입니까?"

"순장?"

"재벌가에서는 그렇게 표현합니다. 권력이 바뀐다는 것은 사람도 바뀌어야 한다는 걸 의미하니까요."

"순장이라……. 참 적당한 말일세그려."

힘겨운 표정으로 웃는 안당 마님.

하지만 그 미소는 절대로 따뜻하지 않았다.

"순장이라……. 그래, 순장을 할 생각이네. 새 술은 새 부대에 담아야지."

"힘들겠군요."

순장이란 누군가를 묻을 때 산 사람을 같이 묻는 풍습을 말한다.

물론 21세기인 지금 안당이 죽었다고 사람을 같이 묻지는 않을 것이다.

하지만 지금 순장이라는 건 다른 은어로 쓰인다.

침몰하는 배에 강제로 끌어들이는 것.

"진짜 쉽지 않을 겁니다."

쉽게 말해서, 안당의 후계자가 안당의 자리를 물려받을

때, 그 주변에 남은 사람이 문제가 된다.

선대의 부하 직원이자 최고 임원들.

그들이 문제다.

그들은 경험도 많고, 나이도 많고, 선대에 충성을 바치던 자들이라 입김도 세고, 당연히 내부에서 세력도 강하다.

하지만 대부분의 경우 후계는 그 모든 게 부족하다.

그렇다 보니 가끔 그런 자들이 후계자를 몰아내고 권력을 잡으려고 하는 경우가 있다.

그걸 막기 위해 많은 권력자들이 승계 작업을 할 때 자신의 가장 가까운 아군에게조차 거침없이 칼질을 한다.

그 대표적인 예가 바로 태종 이방원이다.

그는 자신의 처가이자 아들 세종의 외가에 서슴없이 칼을 들이밀어서 거의 씨를 말려 놓았다.

무척이나 잔인한 행동이기는 했지만, 그러한 행동 덕분에 세종은 외척에 휘둘리지 않고 가장 위대한 성군으로 거듭날 수 있었다.

지금은 그렇게 죽이지 못하지만 최소한 그 자리에 새로운 사람이 들어올 수 있게 기존 인물을 내치는 게 권력 승계의 중요 사항 중 하나다.

"그건 거의 정리가 끝났을 텐데요. 그럼에도 불구하고 저를 부르셨다는 건, 아직 정리되지 않은 누군가가 있다는 거군요. 그리고 그 힘이 작지 않고, 손예은 변호사가 그를 쳐

내지 못할 거라는 걸 아시는 거고요."

"지금이라도 네놈이 후계하는 게 나을 것 같네."

"저는 더 큰 일을 할 사람입니다."

"고얀 놈."

안당 마님은 그렇게 말하고는 자신의 빈손을 바라보았다.

여기에 가지고 올 수 없는 자신의 곰방대가 그리운 모양이었다.

하긴, 어떻게 보면 그녀의 평생에 가장 가까운 친구는 그 곰방대였을지도 모르겠다.

"종우택. 내 가장 믿음직한 친구지."

"가장 믿음직한 이라……."

반역이 벌어졌을 때 정리되지 않았다는 건, 그가 그때도 안당의 옆에서 그녀를 지켰다는 걸 의미한다.

그녀가 가장 믿음직하다고 표현했다는 것 자체가 어마어마한 혜택이다.

안당은 누구에게 믿음직하다, 믿는다는 말을 섣불리 하는 사람이 아니니까.

"하지만 물러나는 걸 거절했나 보군요."

안당도 악마는 아니다.

평생 자신을 보필한 사람에게까지 다짜고짜 칼질을 하려 들 이유가 없다.

당연히 적당한 돈을 주고 이제 은퇴해서 삶을 살아가라고 권했다.

대부분이 그 의견을 받아들였다.

안당을 평생 보필해 온 사람들이니 그들의 나이 또한 적지는 않으니까.

이제 그들도 쉴 때가 되기도 했다.

"하지만 그는 거절했다는 소리군요."

"그래. 그놈 말로는 아직 할 일이 많다지만…….."

새로운 후계자인 손예은 주변에 사람이 없는 것도 아니다.

더군다나 안당은 그녀를 후계자로 공식적으로 발표한 상황이다.

그럼에도 불구하고 그는 안당의 말을 정면으로 거부했다.

평생을 바쳐서 안당을 보좌한 그답지 않은 선택이다.

"어르신의 죽음 이후에 쿠데타를 노리겠군요."

그게 아니라면 물러나지 않을 이유가 없다.

"그리고 그게 성공할 가능성이 높지."

안당의 말에 따라 물러난 자들 중 과연 본인도 원해서 물러난 사람들이 얼마나 될까?

분명 어쩔 수 없이 물러났을 것이다.

만일 안당 마님이 죽은 후 종우택이 그들을 불러들인다면?

손예은 변호사는 저항도 제대로 못할 것이다.

"그걸 알면서도 어르신이 그를 내치지 못한다는 건……."

노형진은 잠깐 침묵을 지키다가 조심스럽게 입을 열었다.

"그가 정상적인 부하라기보다는 좀 비정상적인 부분을 담당했을 가능성이 높겠군요."

비정상적인 부분. 그러니까 드러내지 못하는 부분을 은밀하게 처리하던 자라는 소리다.

"역시 노 변호사야. 길게 설명할 필요가 없어서 편하군."

"으음."

노형진은 생각에 빠졌다.

'쉬운 상대는 아니겠어.'

수십 년간 이 바닥에서 더러운 일을 담당해 온 자다.

어중간한 능력을 가진 자는 아닐 것이다.

더군다나 막판이라고 하지만, 평생을 모시던 안당에게 반기를 들었다.

'그 마음을 이해하지 못하는 건 아니지만.'

아마도 그는 안당에게 인정받아서 자신이 후계가 되고 싶었을 것이다.

하지만 안당은 그렇게 하지 않았다.

안당 마님 스스로 세상이 바뀌었다는 걸 알기에, 이제 어둠 속에서 수작질하는 것보다는 당당하게 나서기를 원했기 때문이다.

당장 다안기생문화연구원을 통해 기생이라는 새로운 관광 상품이 생겼고 관광객들에게는 필수적인 관광 코스가 될 정도였다.

'하지만 종우택 입장에서는 어이없겠지.'

평생 더러운 일을 하면서 살아왔다.

그런데 안당이 뜬금없이 새파랗게 어린 계집애를 데려와 후계자라고 내세웠다.

그러니 당연히 안당이 미울 것이다.

"손예은 변호사는 분명 그만두겠군요."

만일 종우택이 입을 나불거리면 안당이 내세운 모든 것이 사라진다.

더러운 일이 한두 개가 아닐 테니까.

손예은 변호사의 성격을 생각하면, 안당에게 죽음 이후의 불명예를 주느니 차라리 스스로 물러날 가능성이 높다.

"가능하겠나?"

노형진에게 묻는 안당.

"원래……."

노형진은 자리에서 일어났다.

"순장을 원해서 하는 사람은 없지요."

그러면서 자신 있게 말했다.

⚖

"종우택. 속칭 종 실장."

노형진은 안당이 준 그의 정보를 보고 또 보면서 그를 파악하기 위해 노력했다.

물론 안당이 준 자료에 그의 모든 게 정리되어 있는 것은 아니었다.

그 안에는 안당과 관련된 것뿐만 아니라 수많은 더러운 일이 들어 있을 테니까.

하지만 그것만으로도 노형진은 종우택에 대해 그럭저럭 알 수 있었다.

"절대 쉽게는 물러나지 않겠군."

그는 안당이 병원에 입원하자 노골적으로 세력을 모으고 있었다.

이미 안당 마님은 지는 해 정도가 아니라 아예 석양의 마지막이다.

그렇다 보니 죄다 눈치도 보지 않고 그쪽을 따르고 있다.

"그나마 젊은 사람들이 손예은 변호사를 따르는 게 다행이기는 한데……."

새 술이 될 사람들.

그들은 당연히 손예은 변호사를 따른다.

어차피 헌 부대에서는 그들은 퇴출 대상이니까.

"하지만 세력이 너무 약하단 말이지."

그들이 다 덤벼도 종우택을 이길 가능성은 없다.

더군다나 종우택은 안당의 많은 비밀을 쥐고 있다.

이것이 법이다

"가장 좋은 방법은 조용히 보내 버리는 건데."

하지만 종우택은 바보가 아니다.

그의 주변에는 상시 경호원이 있다.

그리고 이런 놈이라면 비상시를 대비해서, 즉 자신이 죽으면 안당의 모든 비리가 경찰이나 검찰에 들어갈 수 있게끔 해 놨을 것이다.

"외부에다가 도움을 요청하기도 애매해."

외부에서 움직이다가 경찰의 귀에 들어가면 여러모로 복잡하게 일이 꼬일 게 뻔하다.

"결국 그들을 정리하는 것은 나 혼자 해야 하는데."

그것도 불법이 아니라 합법적으로 말이다.

문제는, 처벌을 피할 수 없음을 알게 되는 순간 그는 자폭해 버릴 위인이라는 거다.

"그건 그다지 좋지 않은 것 같은데."

물론 안당은 그가 자폭을 하든 말든 신경도 쓰지 않을 거다.

게다가 그때쯤이면 그녀는 이미 죽었을 테고.

문제는 그녀가 수십 년 동안 만들어 둔 질서다.

한국의 어둠의 세계의 질서가 제대로 잡힌 건 얼마 되지 않는다.

과거에는 술집 여자를 보충하기 위해 백주 대낮에 여자를 납치하기도 했고, 도망가지 못하게 방에 가두어 두고 접대를 시키다가 불이 나서 접대부들이 타 죽기도 했다.

지금처럼 접대부들이 출퇴근하는 건 꿈도 꾸지 못할 일이었다.

그나마 정부의 범죄와의 전쟁으로 조폭이 박멸되고 그 틈에 안당이 세력을 키우고 여자들을 보호하기 시작하면서 상황이 좀 바뀌었던 것.

사실 한국을 뺀 다른 나라들의 상황을 보면, 술집에서 일하는 여성에 대한 대우는 비참할 정도로 낮다.

한국 시장에서는 여자가 갑이라면 다른 해외시장에서는 여자가 대부분 절대적인 을이다.

"노 변호사님, 손님이 오셨는데요."

노형진이 사무실에서 고민하고 있는 그때 직원 중 한 명이 조심스럽게 손님의 방문을 알렸다.

"손님? 들어오시라고 하세요."

오늘 예정된 손님이 없기에 어리둥절한 표정으로 노형진은 손님을 안으로 들이라고 했다.

잠시 후 안으로 들어오는 한 남자.

나이는 60대 정도 되는 남자는 들어오자마자 다짜고짜 소파에 털썩 주저앉았다.

"누구십니까?"

노형진은 그의 맞은편에 앉으며 눈을 찌푸리면서 물었다.

보통 사건 관련으로 오면 저렇게 거칠게 행동하지 않기 때문이다.

"나? 니 나 모르나?"

"누구신지요? 제가 담당하는 사건이 많아서요."

노형진이 묻자 남자는 피식 웃으면서 맞은편에 있는 노형
진에게 몸을 가까이 하며 말했다.

"안당 그년이 내 모가지 따 오라고 안 하드나?"

노형진은 그가 누군지 바로 알아차렸다.

종우택. 노형진이 잡아야 하는 남자.

"아직 상관이신 걸로 아는데요?"

"명줄이 얼마나 남았다고 상관이라고 지랄이고, 지랄이."

그러면서 품에서 담배를 꺼내서 무는 종우택.

"여기는 금연입니다."

"지랄 마라."

종우택은 노형진의 말에도 담배를 꼬나물면서 말했다.

"존 말 할 때 굽히고 들어온나."

"굽히라고요?"

"니 나 모르제? 나 니가 만만하게 볼 만큼 호락호락한 놈
아니데이."

그가 노형진을 비웃듯이 말하자 노형진도 속으로 피식 웃
었다.

'모르는 건 너 같은데?'

사실 진짜 전면전으로 붙으면 죽는 건 종우택이지 노형진

이 아니다.

하지만 더러운 일을 주로 취급하던 그였기에 정작 제대로 된 정보에 접근할 일은 별로 없었고, 더군다나 안당과 아군이었던 노형진에 대해서는 더더욱 알아볼 일이 없었다.

"이 바닥, 더럽다. 너네가 보낸 그 계집 하나가 수박 겉핥기로 배웠다고 주무를 수 있을 만큼 만만한 바닥이 아니다."

"그래서 저한테 원하는 게 뭡니까?"

"숙이고 들어와라. 내가 봐줄게. 안당이 뭐라 카든 나는 물러날 생각 없다. 어차피 갈 놈은 가는 거고 남을 놈은 남는 게 이 바닥이다."

그렇게 말하고는 허공으로 담배 연기를 뿜어내는 종우택.

"내 손을 잡아라. 내가 큰 건 몰아줄게."

아마도 자신이 권력을 잡는다면 사건을 모조리 새론에 주겠다는 소리인 듯했다.

"거절하겠습니다."

"내 모가지를 꼭 따야겠나?"

"모가지를 딸 생각은 없습니다만."

"그래? 그런데 안당 그년이 왜 네놈을 불렀을까?"

이죽거리는 종우택.

"진짜 내 모가지 따고 싶어도, 이런 일 하는 쪽 애들은 다 내 애들이다. 내가 원하면 네놈 모가지 따는 건 일도 아니다."

이것이법이다

"원하시면 따 보시지요, 모가지."

그 말에 살짝 눈을 치켜뜨는 종우택.

노형진은 그를 보면서 미소 지었다.

하지만 따뜻한 미소는 아니었다.

상대방의 선전포고를 받아들이면서, 같잖은 인간에게 보내는 그런 미소.

"저에 대해 잘 모르는 건 그쪽 같은데요. 제가 그런 질 낮은 협박에 굴해서 빌 거라 생각했다면 큰 오산입니다."

"그렇게 나오겠다? 진짜 니 가족 모가지가 배달되어 와야 정신 차리겠고만."

이죽거리는 종우택.

물론 가족을 건드리면 누구라도 빡친다.

그리고 상대방은 그걸 이용하고 싶은 눈치였다.

하지만 노형진은 분노할수록 차가워지는 사람이다.

"하실 수 있겠습니까?"

"뭐라?"

"그래요, 제 가족을 가지고 협박하신다? 뭐, 저에 대한 협박으로는 쓸 만합니다. 하지만 그걸 실행할 사람, 있습니까?"

살짝 눈썹이 꿈틀하는 종우택.

"종우택 씨가 어떤 일을 담당했는지 압니다. 당연히 억울할 수도 있겠지요. 하지만 그래서 그 방법을 쓰다고 치면, 아랫사람들이 따를까요?"

"안 따를 것 같나?"

"그들에게 상관은 종우택 씨뿐만이 아닙니다. 아직 안당 어르신이 살아 계시지요."

차갑게 말하는 노형진.

"안당 어르신은 당신의 노고를 고마워해서 마지막 기회를 드리는 겁니다. 하지만 제가 제 가족에 대해 피해를 입고 당신의 목을 요구한다면 안당 어르신은 어떻게 할까요?"

"뭐?"

"당신의 목과 새론이라는 거대한 세력과의 싸움에서, 과연 어느 쪽을 선택할 것 같냐는 말입니다."

살짝 당황한 듯 보이는 종우택.

하긴, 거기까지 생각해 보지는 않았을 테니까.

'그렇게 생각이 깊은 놈이었다면 안당 어르신이 내칠 리가 없지.'

노형진은 안당이 왜 그를 후계로 삼지 않았는지 알 것 같았다.

권력을 취한다 해도 그걸 유지할 수 있는 능력은 전혀 없는 게 종우택이었다.

물론 주먹과 칼로 유지할 수 있겠지만, 현대에서 그런 식으로 운영하는 힘은 오래가지 못한다.

"어려운가요? 좀 더 강하게 말씀드리죠. 당신이 믿고 있는 그 부하들에게 당신 모가지를 따 오라고 하고 그 대신에 당신 자리를 물려준다고 하면, 거절할 사람이 얼마나 될 것 같습니까?"

"너 이 새끼!"

"당신 새끼 아닙니다. 어차피 서로 모가지 따지도 못하는 사이에 최소한의 존중은 하시죠."

후계 과정에서 목이 날아가는 건 상부다.

안당이 만일 독하게 마음먹고 종우택을 진짜로 제거하려고 한다면 못 할 것도 없다.

다만 평생 자신을 보좌해 준 사람에 대한 최소한의 예의로 봐주고 있을 뿐이다.

"설마 부하들이 그걸 모를 것 같습니까? 안당 어르신을 오래 모셨다면서요? 아직도 세상이 당신 편인 것 같습니까?"

최소한 그의 아래에 있는 사람들은 섣불리 움직이지 않을 것이 뻔하다.

권력의 승자가 확정될 때까지는 말이다.

"그리고 저에 대해 잘 모르는 모양인데, 저 마이스터의 아시아 대리인입니다. 마이스터가 결심하면 한국 술집들이 작살나는 건 일도 아니죠."

움찔하는 종우택. 확실히 그건 몰랐던 모양이다.

'멍청하긴.'

노형진은 이런 타입을 안다.

힘을 가지게 되면 거기에 취해서 휘두르는 타입이다.

안당의 힘은 인원이 아니라 정보다.

수많은 정재계인들과 좋은 관계를 맺고, 그 와중에 어두운 정보에도 능한 것이 핵심이다.

하지만 안당은 그걸 알아도 절대 휘두르지 않는다.

그 순간 믿음이 깨지고 자신은 그들에게 축출의 대상이 되기 때문이다.

'하지만 이놈은 휘두르겠군.'

그걸로 상대방을 지배하여 이득을 얻어 내려고 할 게 빤히 보인다.

그러면 그는 무조건 축출 대상이다.

더러운 일을 담당하기는 했지만 정작 자신이 그 더러운 일의 대상이 될 거라고는 생각하지 못하는 듯했다.

"싸우고 싶어요? 싸우지요. 물론 안당 어르신이 이룩한 질서에 대해서는 존중합니다. 하지만 당신이 그걸 부수는데 제가 그걸 보호하려고 물러날 이유는 없지요. 어차피 부서질 거면 확실하게 상대방하고 같이 부숴야 하지 않겠습니까?"

노형진이 이죽거리면서 말하자 종우택은 아무런 말도 못했다.

"협박할 때는 상대방에 대해 알고 하셔야지요. 상대방에 대해 잘 알지도 못하고 통하지도 않을 협박부터 해 대면 도리어 상대방의 신경만 긁는 겁니다."

"간땡이가 부었구먼."

"성화와도 싸웠던 접니다. 맨정신으로는 못 싸우죠. 안당 어르신이 말씀하시지 않던가요, 성화를 날려 버린 게 저라고?"

종우택의 눈에 살짝 당황이 서렸다.

성화가 날아간 건 이쪽에서도 큰일이었다.

그런데 그 당사자가 노형진이었을 줄이야.

"한국의 대기업인 성화도 날렸는데 당신 하나 못 날릴 것 같습니까?"

"그만해라. 어차피 너희는 이쪽과 관계도 없는 거 아닌가? 그 손예은인지 뭔지 하는 천둥벌거숭이 계집도 여기에 와서 다시 변호사 노릇 하면 되는 거고. 이 바닥에는 이 바닥만의 룰이 있다."

"잘못된 룰을 룰이라고 하지는 않지요. 적폐라고 하지."

만일 그가 권력을 가지면 어떻게 될까?

당연히 조직은 무너질 테고, 안당이 만든 규칙 역시 사라질 것이다.

그리고 거기서 일하던 여자들은 졸지에 노예 취급받으면서 일하게 될지도 모른다.

실제로 안당이 신경 쓰지 못하는 곳에서는 여전히 감금을 통해 수익을 창출하는 포주들이 널리고 널렸다.

'종우택의 기록을 보면 그걸 막을 인간은 아니야.'

극도로 이기적인 성격을 가진 종우택이다.

돈이 되는데 착취하지 않을 리가 없다.

"아무래도 그쪽하고는 같이 못 갈 것 같네요."

"니 그러다 후회한다?"

"페어플레이 하겠다는 소리는 안 하겠습니다."

노형진은 차갑게 말했다.

"가서 목 씻고 계세요. 제가 모가지 따러 갈 테니까."

눈을 확 찡그리면서 자리에서 일어나는 종우택.

하긴 그가 살아오면서 누구에게 이렇게 대놓고 협박을 받아 봤겠는가?

"니 진짜 후회할 거다."

"그건 가서 보면 알겠지요."

"미친노무 새끼."

한번 노려보고 바깥으로 나가는 종우택.

노형진은 그가 나간 문을 바라보면서 이를 악물었다.

"순장이 왜 순장인지 모르는 것 같네. 진짜 순장이 뭔지 보여 주마."

가족을 건드리겠다는 소리를 지껄이는 자를 용서할 만큼 노형진은 착하지 못했다.

"종우택?"

"네. 아십니까?"

노형진은 그를 잡기 위해 가장 잘 알 만한 사람을 찾아갔다.

그건 다름 아닌 한만우였다. 여전히 어둠의 세계에 발을 담그고 있는 그는 그런 정보에 빠를 수밖에 없으니까.

"안당 어르신 쪽 애잖아."

"과거형이지요. 안당 어르신은 쳐 내려고 합니다."

"응? 어째서? 그 새끼, 안당 어르신만 40년 넘게 모신 걸로 아는데."

"어르신께서 몸이 안 좋습니다."

노형진은 지금 상황을 대략적으로 설명했다.

그의 설명을 들은 한만우는 혀를 끌끌 찼다.

"하긴, 그놈이 쉽게 물러날 놈이 아니기는 하지."

"어떤 인간입니까? 저한테 한번 찾아왔는데, 아무리 봐도 능력이 있는 놈은 아닌 것 같던데."

"능력이라는 게 뭐 상황에 따라 달라지지만, 일단 조직을 이끌 만한 놈은 못 되는 건 사실이야."

사실 그가 능력이 되고 제대로 된 인간이었다면 안당은 그를 양지로 끌어내어 후계로 삼았을 것이다.

"하지만 끝까지 음지에 있었다는 건, 반대로 말하면 용도가 그 정도뿐이라는 거야. 어르신 성격에 좋은 게 좋은 거라고 하지만 그렇다고 해서 자리를 아무한테나 주는 분은 아니거든."

"그랬다면 안당 어르신의 규칙은 벌써 무너졌겠지요."

"그래. 더러운 일을 한다? 좋게 말하면 신임이 가는 부하라는 말이기도 하지만, 반대로 말하면 여차하면 뒤집어씌워서 보내 버려도 상관없는 쓰레기라는 거지."

'네가 가라, 하와이.'라는 대사처럼 일이 틀어지면 치워 버려도 상관없는 자가 더러운 일을 하는 법이다.

"물론 그런 놈들은 자기들이 믿음직해서 그런 거라고 생각할 테지만."

한만우는 말하면서 혀를 끌끌 찼다.

"쉽게 말해서 바지 사장이라는 거지."

"그런데 보통 그런 일은 충성심이 있는 사람을 쓰지 않습니까?"

"일단 능력이 안 되어서 다른 곳에서는 아무것도 못하거든. 달리 갈 곳이 없으니 충성심이 강해질 수밖에."

즉, 안당 마님이 힘이 있을 때는 충성하다가, 힘이 빠져가자 무리하기 시작했다는 거다.

"아마 쉽지 않을 거다. 내부에 아군이 겁나 많거든."

"아직 티가 안 나는 것 같던데요."

"다들 몸을 사리고 있으니까. 일단 이기는 쪽에 붙으려고 하겠지."

"흠……."

그건 노형진도 예상한 바다. 그랬기에 정작 종우택은 지금

힘이 심각하게 빠져 있기도 했다.

"하지만 종우택이 유리한 건 사실이지. 아무리 술집이 사회적으로 커지고 양지화 과정을 거친다고 해도, 변호사라는 존재가 이 바닥에서는 약간 거리감이 있잖아."

피식 웃는 한만우의 말에 노형진은 고개를 끄덕거렸다.

손예은이 후계자로 발표되었다지만 그건 어디까지나 안당과 손예은의 생각이지, 술집을 하던 기존 세력은 손예은을 쉽게 받아 주지 않을 것이다. 그러니 힘들 수밖에.

"어때, 치워 줄까?"

한만우는 조심스럽게 말했다.

원한다면 종우택을 지워 주겠다는 듯이 말이다.

하지만 노형진은 그런 그의 말에 고개를 흔들었다.

"괜찮습니다. 사실 지워 버리려면 제가 나설 필요가 있겠습니까?"

그럼에도 불구하고 안당이 나선 건, 최소한 목숨만은 붙여 두고 싶다는 뜻이다.

"뭐, 그렇게 말한다면야."

어깨를 으쓱하는 한만우.

"하지만 쉽지는 않을 거야. 종우택이 다른 건 몰라도 더러운 쪽으로는 도가 튼 놈이거든."

하긴, 나쁜 짓을 얼마나 많이 했는지는 모르지만 그는 지금까지 전과가 없다.

그 말은 단 한 번도 잡히지 않았다는 뜻이다.

"내가 조언하자면 말이지, 적을 이용해 보는 것도 나쁘지 않을 거야."

"적요?"

"그래. 그 바닥에서 더러운 일을 담당하면서 적이 없다면 그거야말로 이상한 일이거든."

노형진은 귀가 솔깃했다.

"적이 많습니까?"

"말했잖나, 적이 없으면 이상한 거라고. 물론 그 적이라는 놈들이 대부분 영 질이 안 좋은 놈들이어서 그렇지."

당연하다.

안당의 적이라고 할 만한 사람들은 욕심이 많아서 안당의 선을 넘은 사람들일 수밖에 없다.

"그 녀석들이 종우택이라고 하면 이를 박박 갈아."

그럴 수밖에 없다. 그들을 상대로 직접 싸운 건 종우택이 었으니까.

"적이라고요? 흐음."

문득 노형진의 머릿속에 좋은 생각이 스치고 지나갔다.

⚖️

"적?"

"네. 종우택을 처리하고 싶어 하는 적이 있을까요? 아, 죽인다는 건 아니고요. 악연으로 엮여서, 괴롭히고 싶어 하는 놈이 있을까요?"

"한두 명이 아닐 텐데."

"그저 그런 놈 말고요."

종우택은 주변에 상시 경호원을 둔다.

그러니 그를 찾아가서 찔러 죽이려고 하는 사람은 성공할 수가 없다.

"적이라……."

"서로 양패구상시킬까 생각 중인데요. 물론 안당 마님의 적일 수도 있습니다만."

"나는 어차피 가는 놈이다 이거구먼."

안당은 별말 하지 않았다.

어차피 모든 걸 짊어지고 가려고 마음먹은 상황이다.

그러니 자신의 적에게, 아니 적이었던 자에게 이야기한다고 해서 손해 볼 건 없다.

"그런 거라면 주장수가 제일 적당하겠군."

"주장수요?"

"자네는 잘 모를 거야. 종우택의 선임."

"네?"

노형진은 갸웃했다. 선임이라니?

"종우택이 어르신을 오래 모셨다고 하지 않았나요?"

"한 40년 정도 같이했지."

"그런데 선임이라고요? 벌써 죽지 않았습니까?"

"무슨 말을 하는 게야? 내가 바보야, 철도 안 든 새파란 어린애를 옆에 두게?"

"아!"

노형진은 아차 싶었다.

분명 종우택은 안당을 40년 이상 모셨다고 했다. 그런데 그의 나이는 이제야 60대 초반이다.

그 말은, 그가 들어왔을 때 20대였다는 소리다.

안당이 이 세계에서 활동한 기간을 생각하면 이제 이 바닥에 들어온 새파란 놈을 옆에 둘 리가 없다.

'그렇지. 그가 모신 시간과 안당의 옆에 있던 시간은 다를 수밖에 없지.'

한 회사에서 누군가 사장으로 회장을 보좌하다가 50년 만에 퇴직했다고 하면 그의 최종 직급이 사장인 거지 그가 입사한 순간부터 사장이었다는 건 아니다.

"그러면 그 선임이라는 분이 종우택한테 원한이 많은 이유가 뭡니까?"

"종우택이 그를 감옥에 넣었으니까."

"네?"

노형진은 살짝 당황했다.

보통 선임이라면 가까이에서 일을 가르쳐 준 사람이라는

이것이 법이다

의미도 된다.

그런데 그를 감옥에 넣었다? 이해가 안 간다.

"혹시 어르신이 명령하신 겁니까?"

토사구팽. 너무 위험한 사람이라고 판단되면 내치는 건 전 세계에서 흔한 일이다.

특히나 권력이 집중된 곳에서 그런 성향이 강하게 보이는 데, 이곳은 지금까지 안당에게 모든 권력이 집중되어 있는 상황이었다.

"나도 몰랐지. 갑자기 벌어진 일이니까."

"설마? 으음…… 투서 같은 거군요."

"투서?"

"네. 좋게 말하면 내부 고발이지만 나쁘게 말하면 경쟁자 치우기죠."

투서가 가장 많은 곳은 상명하복 시스템이 있는 곳이다.

가령 군이나 검경찰같이 수직적 구조를 가진 곳은 종종 투서 사건이 벌어진다.

"수직적인 구조는, 결국 그를 치우면 자신이 올라갈 수도 있다는 소리거든요."

그래서 종종 투서 사건이 벌어진다.

문제는 그걸 받아들이는 조직의 방식이다.

"대부분의 조직에서 투서를 안 좋게 봅니다."

투서가 들어오면 일단 조사해서 투서의 대상자를 처벌한

다.

그런데 처벌 대상에 공공연하게 투서한 사람, 즉 내부 고발자 역시 포함시킨다.

말로는 조직을 위태롭게 했다고 주장하지만, 사실 그런 게 아니라 부패한 조직에 깨끗한 놈이 있으면 위험하기 때문이다.

사실 투서는 막아야 하는 게 아니라 권해야 한다.

처음에야 혼란스럽겠지만 결국 나갈 놈 다 나가면 남는 건 깨끗한 사람일 테니까.

"그 사건 이후에 종우택이 실권을 잡았지."

노형진은 고개를 갸웃했다.

상황은 알 것 같았다. 그런데 주장수는 어째서 그렇게 순순히 끌려들어 갔을까?

안당이 손쓴 건 아니다.

그렇다면 종우택이 혼자 했다는 건데.

"이해가 가지 않는군요. 어르신의 성격을 생각하면."

"내가 왜 배신자를 썼느냐는 거지?"

"맞습니다."

"추천한 게 주장수거든."

"네? 주장수가 종우택을 추천해 줬다고요? 이해가 안 갑니다만."

"나도 얼마 전까지는 몰랐지."

그 사건은 그저 우발적인 사고였고 안당이 아예 무죄로 처리하는 것은 좀 무리가 있는 상황이었다.

그 상황에서 감옥에 있던 주장수가 종우택을 추천했고, 그날 이후로 종우택이 실권을 잡았다.

"주장수가 억울하다고 하지 않던가요?"

"그날 이후로 은퇴해서 내려갔어. 본 적이 없지."

"그런데 어떻게……?"

종우택이 주장수를 배신했는지 노형진은 물어볼 수밖에 없었다.

"얼마 전에 승진한 놈이 한 놈 있지."

그는 종우택 아래에서 일하던 놈이었다.

그런데 승진한 후에 그가 찾아와서 한 말이, 종우택 아래에서 일할 때 주장수를 감시한 적이 있다고 했다.

"자신은 감시만 했다고 하지만 말이야."

"그 사람은 왜……? 아니, 아니군요. 알 것 같습니다."

종우택이 주장수를 담가 버리고 그 자리를 차지했다.

그라고 해서 종우택을 날려 버리지 못할 리 없다.

"물론 내가 슬슬 손을 떼고 있을 시점이어서 종우택을 건드리지는 않았지."

하지만 자신의 상관을 감시했다는 것 자체만으로도 이미 답은 나와 있다고 봐도 무방하다.

더러운 일을 하는 사람들이라고 하지만 그랬기에 상부에 대한 충성은 더 강력하다.

그런데 자신의 상관을 감시한다? 무슨 속셈이 있지 않은 이상에야 그럴 이유가 없다.

"더군다나 감옥에 갔다 나온 후에도 주장수는 다시 돌아오지 않았지."

"말이 안 되는군요."

안당의 아래에서 더러운 일을 담당하던 사람이다.

돈을 벌기 위해서든 아니면 무슨 목적이 있든, 스스로 그 길을 선택한 사람이 잠깐 감옥에 갔다 왔다고 해서 그 길을 포기하지는 않는다.

더군다나 대충 상황을 보면 안당은 그가 돌아오면 받아 줄 생각도 있었다고 볼 수 있다.

그런데 돌아오지 않았다?

"협박이라고 생각하시는군요."

"나는 그래. 알 수는 없지만."

알 수는 없다. 그 이후에 만나 보지 못했으니까.

"알 수는 없지만……."

노형진은 자리에서 일어났다. 시간을 끌 생각은 없었다.

"알아볼 수는 있지요. 어딥니까, 그가 있는 곳이?"

안당은 미소를 지었다.

욕심은 끝이 없는 법

"어르신은 안녕하신가?"

주장수는 이제 시골의 평범한 촌부로 변해 있었다.

그는 다른 농부들처럼 구릿빛의 피부를 가지고 있었고 농사로 인해 생긴 주름이 그의 나이를 알려 주는 듯했다.

"안녕하지는 않으십니다."

"건강이 안 좋으신가?"

"은퇴 준비 중이십니다."

"은퇴? 하긴 연세가 연세이니 은퇴해도 벌써 하셨어야지."

"그런 은퇴가 아닙니다."

"그러면……. 아닐세. 알 것 같구면."

같이 늙어 가는 처지에 그가 안당의 나이를 모를 리가 없다.

아마도 죽음을 예상하는 건 어렵지 않았을 것이다.

"그런데 날 찾아왔다는 건 석연치 않은 게 있다는 소리
군."

"잘 아시는군요."

"어르신을 십수 년을 모셨네. 그분이 어떤 분인지는 누구
보다 내가 잘 알지."

씁쓸하게 말하는 주장수.

노형진은 그를 바라보다가 주변을 돌아보았다.

다행히 이 읍내의 커피숍에는 그들만 있었기에 문제 될 건
없어 보였다.

"종우택을 어떻게 생각하십니까?"

"결국 그렇게 되는군."

"결국이라……. 역시 뭔가 있었군요."

"음……."

그는 잠깐 신음을 내고 침묵을 지켰다.

그리고 안쪽을 향해 소리 질렀다.

"김 마담! 나 쌍화차 한 잔 줘! 계란 동동 띄워서!"

"아니, 주 씨! 지금 21세기야! 아메리카노도 아니고 쌍화
차라니!"

"있잖아!"

"계란이 없지! 여기가 다방이지 식당이야?"

이것이 법이다

"아, 진짜 단골을 이렇게 섭섭하게 하긴가? 나랑 이 사람 한테 한 잔씩 줘! 아, 김 마담도 한잔하고!"

"아, 진짜 취향이 노친네야."

김 마담이라 불린 여자는 툴툴거리면서도 일어나서 밖으로 나갔다.

쌍화차 한 잔에 6천 원이니 세 잔이면 1만 8천 원이다.

이 작은 읍내 다방에서는 제법 비싼 축이다.

그런데 그런 차를 왜 시킨 걸까?

한순간에 그늘이 진 얼굴로 입을 여는 주장수를 보며, 노 형진은 그가 왜 그런 주문을 했는지 알 것 같았다.

"그놈이 그럴 거라 생각은 했지. 언젠가는 말이야."

"그런데 왜 종우택을 추천하신 겁니까? 다른 후계자들도 있었을 텐데요."

"왜라고 생각하나? 아니, 안당 어르신께서는 아실 거라 생 각하네만."

"협박받았을 거라고 생각하십니다."

"부정하진 못하겠군."

주장수는 씁쓸하게 웃고는 자신의 앞에 있는 물잔을 들어 쭈욱 들이켰다.

"협박하더군, 좋게 물러나지 않으면 가족을 건드리겠다 고."

"고작요?"

"놀라지 않는군."

"저에게도 찾아왔습니다. 숙이지 않으면 가족을 건드리겠다고 하더군요."

"자기 버릇은 개 못 주는군."

"그런데 고작 그걸로 숙이셨습니까?"

다른 사람도 아니고, 안당 아래에서 일하던 주장수다.

물론 가족이 중요하기는 하지만, 그 정도 협박에 굴해서 종우택을 추천까지 해 줄 사람은 아니었다.

"그 당시에……"

그는 잠깐 침묵을 지키다가 말했다.

"경동파와 손잡고 있었네."

"경동파요?"

노형진은 처음 들어 보는 이름이었다.

하긴, 그가 말하는 시절이면 노형진이 아주 어릴 때니까.

"경동파는 최후까지 안당 어르신에게 저항하던 집단이었네."

"네?"

"어르신은 우리가 하는 일은 불법이라고 해도 인간으로 살기를 원하셨지."

하지만 경동파는 아니었다.

전통적인 조폭 집단이었고 여성을 착취하는 방식에 익숙한 자들이었으며, 또한 그런 안당의 미래에 결사적으로 반대하던 자들이었다.

"그들이 이미 손잡은 이후였지. 내가 어르신에게 말하기에는……."

"가족이 이미 잡혀 있었던 겁니까?"

"그래."

말하는 순간 자신의 가족은 죽음을 면치 못한다.

그랬기에 주장수는 저항할 수가 없었다.

아무리 안당이라고 해도 구출 작전을 펼치거나 할 수 있는 상황은 아니었으니까.

애초에 조폭들에게 잡혀 있는 사람을 구하려면 경찰이나 특공대를 동원하는 수밖에 없는데, 그게 안 새어 나갈 수가 없다.

"조건을 붙이더군. 적당히 인정하고 감옥으로 가면 출감한 후에 가족들을 돌려보내 주겠다고."

그래서 그 조건을 받아들인 주장수는 감옥으로 가야 했고, 그사이에 주장수의 추천을 받은 종우택이 권력을 잡았던 것이다.

"이해가 가지 않는데."

"뭐가 말인가?"

"제가 아는 한 지금 경동파라는 조직은 없습니다. 물론 양성화했을 수도 있지만, 그 정도 규모의 조직이 양성화되었다면 제 정보에 걸렸어야 합니다."

하지만 그런 조직은 들어 본 적도 없다.

"더군다나 승리한 건 안당 어르신뿐입니다."

그 말은 경동파가 괴멸했다는 걸 의미한다.

최측근에 스파이를 심는 이유가 뭔가?

정보를 빼돌리거나 최악의 경우 죽여 버리는 게 목적이 아닌가?

"그런데 경동파가 사라져요?"

"그랬나? 모르겠군. 난 출소한 후에 그쪽으로 눈도 돌리지 않았네."

출소하고 얼마 후에 만난 가족들은 공포에 피골이 상접해 있었고 쉴 새 없이 몸을 떨었다.

다행히 크게 다치거나 한 건 아니지만 정신은 이루 말할 수 없이 피폐해져 있었다.

"그날 이후로 나는 그 세계를 떠났네."

"그래서 찾아오시지 않은 거군요."

"내가 찾아갔다면 어르신께서 호구지책을 마련해 주셨겠지."

하지만 그 호구지책은 결국 그 세계의 삶일 테고, 주장수는 안당보다는 가족이 더 소중했다.

'그런 상황이라면 확실히 이해가 가.'

어차피 돌아가 봐야 저들을 자극하는 것밖에 되지 않는다.

그래서 주장수는 모든 욕심을 버리고 가족들을 데리고 이

곳으로 온 것이다.

그리고 그 이후에 조용히 삶을 이어 갔다.

"경동파…… . 그러면 가족을 돌려받을 때까지는 경동파가 존재했다는 건가요?"

"모르지. 내가 아는 건 내가 집에 오고 얼마 지나지 않아 가족들이 돌아왔다는 거야."

노형진은 턱을 문질렀다.

그 정보는 아무래도 파 봐야 할 것 같았다.

확실히 경동파라는 조직은 없었다.

오광훈에게 말해서 전산 기록을 찾아보았지만 그런 조직에 대한 정보는 없다는 걸 확인했다.

그런데 주장수는 경동파라는 조직에 대해 알고 있었고, 그들이 자신의 가족을 납치했다고 했다.

노형진은 결국 그 사건에 대해 가장 잘 알 사람, 즉 안당을 찾아갈 수밖에 없었다.

"경동파라는 놈들 아십니까?"

"알지. 내 적이었으니까."

"기록에는 없던데요."

"단순한 무리가 아니었거든."

"단순한 무리가 아니었다고요?"

"조폭들의 연합체 같은 거였어. 당연히 일선 찌꺼기들이나 추적하는 경찰들 기록에 있을 리가 있나."

정확하게는 경기동부연합파다.

그냥 부르기 쉽게 경동파라고 불렀을 뿐 진짜 조폭이 아니라 조폭의 조합 같은 거였다고 안당은 노형진에게 설명했다.

이후 노형진이 주장수에게 들었던 이야기를 해 주자 안당은 심각한 표정이 되었다.

"그럴 리가."

"네?"

"가장 열심히 경기동부연합을 청소한 게 종우택이야."

"그게 무슨 말씀이시지요?"

"그렇게 기세등등하던 놈들이, 종우택이 전쟁을 시작하자 순식간에 사라졌네."

"순식간에 사라졌다고요?"

"그래."

안당은 그들과 싸우면서 죽음도 불사했다고 한다.

하지만 갑자기 내분이 일어나더니 무너져 내렸다고 한다.

완전히 와해된 경기동부연합을 상대하는 건 일도 아니었다.

"그때만 해도 슬슬 우리가 경찰과 검찰과 손잡을 때였거든."

이것이법이다

당연히 소속 조폭들을 정리하는 건 어려운 일이 아니었다.

"더군다나 그 당시가 범죄와의 전쟁 시기였으니까."

폭력범이라는 증거만 조금만 있어도 일단 다 때려잡고 보던 시기였다.

오죽하면 그 당시에 많은 범죄자들이 머리를 깎고 절로 도망쳐서 불교가 부패했다는 이야기까지 나왔고, 그걸 패러디해서 영화까지 나올 정도였다.

"나는 그런 면에서 좀 나았지."

다른 폭력 조직과 다르게 일찌감치 기업 형태를 가지고 있었고, 더군다나 운영 자체가 다른 조직과 다르게 양심적으로 이루어졌다.

마지막으로 그 당시만 해도 폭력 조직의 수장이라고 하면 무조건 남자라고 생각할 때라, 나이도 좀 있고 더군다나 여자인 안당이 이끄는 곳은 폭력 조직이라고 보기도 애매해서 경찰은 안당 쪽은 건드리지 않았다고 했다.

"거기에다가 예나 지금이나 요정 정치는 마찬가지거든."

그 당시만 해도 정치인들이나 경찰, 검찰, 장군들이 요정에서 접대받고 정치하는 건 당연하던 시절이었고, 그 요정을 관리하던 안당과는 무척이나 친밀할 수밖에 없었다.

"그때 내가 크게 성장했지."

순식간에 폭력 조직이 갈려 나간 유흥 시장.

거기에다 정부에서는 유흥 시장까지 때려잡기 시작했고

그 결과 피바람이 불었다.

"그때는 그냥 무주공산이었으니까."

폭력 조직과 관련이 없는 술집이 없었기에 폭력 조직들은 도주하기 위해 닥치는 대로 팔아넘겼고, 그걸 싹 쓸어 온 게 바로 안당이었다.

"그 당시 상황은 이해가 갑니다. 하지만 저는 여전히 이해가 가지 않는 게, 그 경기동부연합이라는 놈들이 왜 사라졌느냐는 겁니다."

"모를 일이지. 그때는 자고 일어나면 조직 하나가 날아가던 시절이었으니까."

아무리 안당이라고 하지만 그때는 극도로 몸을 사릴 수밖에 없었다.

사세를 확장하는 한편 또 몸을 낮추고 정치인들을 관리하느라고, 그녀는 제대로 저항도 못 하게 된 경기동부연합에 신경 쓸 일이 없었다.

설사 경기동부연합이 멀쩡했다고 하더라도 그 당시에 허튼짓을 할 수는 없었을 것이다.

그러는 순간 정부의 칼날이 날아왔을 테니까.

오죽하면 그때가 한국에서 가장 범죄가 없을 때라는 자조 섞인 농담까지 있겠는가?

"전혀 아는 게 없으시다고요?"

"그래. 그저 경찰의 칼날에 날아갔다고 생각할 뿐이지. 그 당시에는 그런 일이 흔했으니까."

"그래서 저는 더 이해가 가지 않는데요."

현실적으로 그런 상황이라면 살기 위해 뭐든 해야 한다.

그런데 그런 최소한의 저항조차도 없었다?

"더군다나 주장수의 말이 맞는다면, 당시 이미 종우택이 최측근에서 어르신을 모시고 있었다는 의미가 됩니다."

만일 자신이 경기동부연합의 수장이었다면 종우택을 이용해서 뭐든 해 보려고 했을 것이다.

안당과 화해한다거나, 그게 힘들다면 차라리 안당을 제거하는 쪽으로 방향을 잡고 움직였을 것이다.

그래야 안당의 자산을 집어삼키고 버틸 수 있었을 테니까.

'중요한 건 돈이란 말이지.'

그런데 사라졌다. 말 그대로 증발했다.

물론 해외로 튀었을 수도 있다.

1989년에 여행 자유화가 되었으니까.

하지만 그건 어디까지나 처벌 기록이 없을 때의 이야기다.

그 당시 폭력 조직의 수장이 전과 하나 없었을 리가 없고, 그 당시에는 자유화라고 했다지만 여권부터 비자까지 모두 받아야 하기 때문에 지금처럼 해외로 나가는 게 쉽지 않았다.

지금도 전과 기록이 있으면 여권은 잘 나오지 않는다.

하물며 비자가 나올 리가 없다.

"한국에서 사라졌다라…….."

노형진은 조금씩 그림이 그려졌다.

누구나 자신처럼 생각할 것이다.

미친 듯이 성장하는 안당. 그걸 막아야 하는 경기동부연합. 그리고 안당 마님 옆에 있던 종우택.

'그런데 종우택은 기회주의자에 욕심이 많은 이기주의자야.'

권력을 위해 주장수를 배신하고 안당을 배신했다.

그런 그가 다시 배신을 못 할까?

"그 당시에 종우택은 뭐 했습니까?"

"조용했지. 뭘 할 수 있는 시기가 아니었으니까."

더러운 일도 상황을 봐 가면서 해야 한다.

하나라도 걸리면 죄다 죽는 판국에 뭘 할 수 있을 리가 없다.

"더군다나 그때는 진짜 돈이 부족했거든. 물건은 쏟아지는데 그걸 사기도 힘들었으니까."

보통 더러운 일은 술집을 빼앗거나 운영권을 차지하거나 보호권을 가지고 오기 위해 벌어진다.

그런데 그 당시에는 빼앗는 게 아니라 나오는 물건들도 사지 못할 정도로 쏟아졌다.

어떻게든 팔고 잠수 타거나 해외로 튀려는 놈들이 넘쳐 났으니까.

"그러니 딱히 할 것도 없었지."

그렇다고 뇌물을 주거나 소위 말하는 인사를 하는 데 종우택 같은 무식한 장수 스타일을 쓸 수는 없다.

그쪽은 그쪽 나름대로의 팀이 따로 있으니까.

"결국 종우택은 자유가 된 거군요, 일정 기간."

"시선 때문에 출근도 하지 않았으니까. 그때는 진짜 깨끗하게 보이려고 뭐든 다 했지."

노형진의 머릿속에서 그림이 그려졌다.

"순장이라……."

노형진은 피식 웃었다.

"진짜 아예 묻어 버릴 수도 있겠는데요, 후후후."

⚖

"배신에 배신이라……."

노형진은 다시 주장수를 찾아갔다.

그리고 그동안 생각한 걸 그에게 이야기해 줬다.

자신보다 종우택에 대해 잘 아는 건 주장수니까.

"아마도 그들의 최초 목적은 안당 어르신을 제거하고 권력을 차지하는 거였을 겁니다. 그런데 상황이 틀어졌죠."

범죄와의 전쟁이 시작되고, 폭력 조직에 대한 대대적인 수사와 체포가 이루어졌다.

실제로 그 당시를 기준으로 소위 말하는 전국구 규모의 폭력 조직이 사라졌다는 게 학계의 정설이다.

물론 그 이후에 주먹으로만 살던 폭력 조직이 양성화를 시작했다는 것도 맞는 말이고 말이다.

"그 당시 조직은 주먹으로 자리 잡은 놈들이었지요."

그러니 양성화할 수가 없었을 것이다.

"처음에는 안당 어르신의 조직을 노리는 것이 목표였겠지요."

하지만 종우택 입장에서는 그게 결코 반가운 일이 아니었다.

충분히 가능성이 있다고 생각해서 주장수를 제거했겠지만, 그 당시 경기동부연합은 확연하게 몰락하고 있었고 도리어 안당 쪽이 승승장구하고 있었다.

"그런 상황에서 만일 경기동부연합…… 너무 길기는 하네요. 그냥 경동파로 하죠. 하여간 경동파가 안당 어르신에게 뭔가 하라고 했다면 종우택이 어떻게 했을 것 같습니까?"

"그건 고민할 필요도 없지. 절대 그럴 수 없었을 걸세. 조금만 의심스러워도 경찰이 다 때려잡던 시절이니까."

하물며 그 당시에 막대한 재산을 가진 안당이 죽는다?

더군다나 그 인맥까지 움직인다면?

"아무리 종우택이라고 해도 사형은 피하지 못할 걸세."

상황이 돌변하면서 몰락해 가는 경동파. 그리고 승승장구하는 안당.

"마음이 바뀐 거군."

안당을 배신해 봐야 결국 경동파와 함께 몰락하는 수밖에 없다. 하지만 안당과 있으면 안전은 물론이고 미래도 확보된다.

"하지만 문제가 있지요."

"그들 말이군."

만일 종우택이 배신한다면 그들이 과연 그냥 넘어갈까?

그럴 리가 없다. 직접적으로 보복할 수도 있다.

아니, 위험 때문에 직접적으로 보복하지는 않는다고 해도 안당에게 한마디만 하면 된다.

안당의 성격상 배신자를 가만두지는 않을 테니까.

결국 종우택은 살기 위해서 그 경동파의 수뇌부, 정확하게 는 경기동부연합을 만든 각 두목들을 모두 제거해야 했다.

"아마도 진짜로 제거했을 겁니다."

아무리 경찰이 범죄와의 전쟁을 했다지만 경동파가 무너지는 속도는 생각보다 빨랐다.

그 말은 그걸 수습할 상부가 없었다는 걸 의미한다.

최소한 수뇌부라도 남아 있었다면 그렇게 쉽게 무너지지는 않았을 것이다.

"그런가."

주장수는 이를 빠드득 갈았다.

자신을 배신했던 종우택이다.

그런 종우택이라면 또 다른 배신을 한다고 해도 이상할 것도 없는 놈이다.

"하지만 관련 사건은 없었는데. 한두 명도 아닐 텐데?"

"시체가 없으면 사건도 없는 법이지요."

그 당시는 범죄자들, 특히 조폭들이 도망치기 위해 사력을 다하던 시기였다.

실종이라는 게 평범한 사람이 사라져야 실종이지, 범죄자가 갑자기 모습을 감추면 그건 실종이 아니라 도주다.

"도주한 범죄자에 대해 경찰이 심각하게 수사하던가요?"

"그건 아니지."

도주한 놈이 나중에 운이 나빠서 잡히면 모를까, 사실 진짜 강력 사건이 아닌 이상에야 영화처럼 경찰이 그놈 하나 잡겠다고 전국을 돌아다니는 일은 없다.

적당히 수배를 내리고 불심검문이나 기타 제보를 통해 잡히기를 바라는 정도가 끝이다.

"폭력 조직의 두목들이 우르르 갑자기 사라졌다 해도, 그 당시 경찰이라면 도주로 봤을 겁니다."

그러니 딱히 추적을 하지 않았을 것이다.

사실 넘쳐 나는 범죄자들 잡기도 바쁜 상황에 어디로 갔는지도 모를 두목들을 잡겠다고 설치는 건 시간 낭비니까.

"죽였다고 생각하는군."

"종우택이라면 그러고도 남았을 것 같습니다만."

종우택의 입장에서 선택할 수 있는 유일한 카드다.

그들이 안당에게 한마디만 하면 그는 죽을 테니까.

"그걸 파고들면 될 것 같은데."

"하지만……."

주장수는 뭐라고 하려다가 입을 다물었다.

노형진은 그가 무슨 말을 하려고 하는 건지 바로 알아차렸다.

"종우택이 입을 나불거릴까 걱정하시는 모양이군요."

어찌 되었건 종우택은 안당 아래에서 오래 일한 사람이다.

그러니 안당의 범죄 기록을 가지고 있다고 해도 하등 이상할 게 없다.

"그 부분에 대해서는 제게 해결책이 있습니다."

노형진은 자신 있게 말했다.

"그는 안당 어르신에 대해 절대 입도 뻥끗 못 할 겁니다, 후후후."

⚖️

안당은 권력의 핵심과 밀접한 관련이 있는 사람이다.

수십 년간 안당과 거래한 사람이 수천이 넘고, 그 비밀을 모조리 가지고 있다.

하지만 누구도 안당이 배신할 거라 생각하지 않는다.

그래서 그녀와 거래한 것이다.

'아 다르고 어 다른 게 바로 이런 거지.'

노형진은 눈앞에 있는 남자를 보면서 미소 지었다.

"종우택이 그 자료를 가지고 도망갔다고?"

"그렇습니다."

노형진의 눈앞에 있는 남자, 공수찬은 서울중앙지방법원의 부장판사였다.

승진의 코스에 있는 사람이고 차기 법무부 장관이 되는 사람이다.

'그리고 그 과정에 접대나 뇌물은 기본 중의 기본이지.'

노형진은 속으로 미소 지었다.

'안당의 더러운 일에 대한 약점을 종우택이 가지고 있지.'

그건 사실이다.

하지만 모든 일에는 양면성이 있는 법이다.

'안당의 약점이자 권력자들의 약점이기도 하지.'

당장 눈앞에 있는 이 공수찬만 해도, 받은 뇌물이 수십억이고 자금 세탁한 게 수십억이다.

그리고 그런 위험한 일을 해 준 것이 바로 안당이다.

"어르신은 이번 일에 대해 걱정이 많으십니다."

"크윽, 이 개 같은 새끼가."

어차피 안당의 목숨이 얼마 남지 않은 건 이들도 다 알고 있다.

그리고 그들은 안당이 자신이 죽기 전에 관련 자료를 처리할 거라고 확신하고 있었다.

안당은 그런 사람이니까.

'하지만 그걸 누가 훔쳐 가는 건 전혀 다른 문제거든.'

종우택은 자신이 안당의 약점을 가지고 있다고 생각하지만, 그건 동시에 권력자들의 치부다.

"현재 종우택이 요구하는 건 안당의 모든 것을 자신에게 넘기는 겁니다."

"거절한다면?"

"그걸 공개하겠답니다."

"……."

"그리고 그 협박 대상은 저희가 아닙니다. 그래서 찾아뵌 거고요."

"으음……."

"아실 겁니다. 어르신의 삶은 얼마 남지 않았습니다. 어차피 돌아가시면 그런 게 다 무슨 의미가 있겠습니까?"

"그야 그렇지."

"그런데 종우택은 위험한 행동을 했습니다. 그걸 훔쳐 간 후에 모든 권한을 넘기라고 말입니다. 그게 공개되면 다치는 건 안당 어르신이 아니라 다른 분들입니다."

공수찬은 속으로 이를 박박 갈았다.

노형진의 말대로 그 협박의 대상이 안당일 리 없다고 생각한 것이다.

　　물론 그건 아니다. 그가 협박하고 있는 건 안당과 그 후계자인 손예은 변호사다.

　　하지만 노형진은 슬쩍 손예은 변호사라는 존재를 지워 버렸다.

　　후계자 싸움이라고 해 버리면 도리어 종우택 쪽에 붙어 버릴 인간들이 있기 때문이다.

　　'하지만 협박 대상이 자신들이라면 이야기가 달라지지.'

　　후계 싸움이라면 편들어 줄 수 있지만, 자신에 대한 협박이라면 권력자들은 자존심 때문에라도 절대 협상에 응하지 못한다.

　　더군다나 이런 협박은 절대 한 번만으로 끝나지 않는다는 걸 그들은 안다.

　　이번에 항복해서 그의 편을 들어 준다?

　　그러면 그는 다음번에 다른 걸 가지고 또 협박한다.

　　그리고 그걸 들어주면 또 협박하고 말이다.

　　그래서 협박에 굴하는 게 세상에서 가장 멍청한 짓이라고 한다.

　　절대 끝이 없으니까.

　　'그런 면에서 안당 어르신이 대단한 거지.'

　　그걸 쥐고 있음으로써 자신과 권력자를 평등하게 만들었

지만 결코 휘두르지는 않았다.

대등한 관계였기에 더욱 그들은 안당을 믿고 맡길 수 있었던 것.

"일단 그놈이 무슨 짓을 할지 알 수가 없습니다. 안당 어르신에게도 요즘 대놓고 반말을 한다고 하더군요."

"이제 죽을 사람이다 이건가?"

"그런 것 같습니다. 그나저나 판사님 말고 다른 분들도 계실 텐데……."

노형진이 그를 고른 이유는 그가 일종의 키포인트이기 때문이다.

그를 통해 여러 정치인들과 선을 댈 수 있다.

'내가 다 찾아다니는 건 비효율적이야.'

그리고 이쪽이 다급하다는 느낌이 든다.

하지만 공수찬이라면 아래에서 여러 가지 일을 해 주고 거기까지 올라간 사람이다.

그 말은, 그가 아는 순간 다른 사람들에게도 소식이 들어가는 건 순식간이라는 거다.

'그리고 우리가 다급한 것처럼 보이지 않지.'

결국 공수찬을 통해 이 사실을 알게 된 권력자들은 다른 세력을 움직일 수밖에 없을 것이다.

'입을 나불거린다고 다 끝이 아니란다.'

현대에서 고발은 언제든 할 수 있다.

하지만 그걸 공개적으로 말할 스피커가 없다면 그 모든 폭로는 의미가 없다.

종우택이 안당에 대해 폭로할 수는 있다.

하지만 그 스피커를 잡고 있는 사람들이 그 말을 전해 주지 않는다면?

그건 말 그대로 공허한 외침이 될 뿐이다.

더군다나 공식적으로 안당은 한낱 술집 주인일 뿐이며 나이 먹은 노인일 뿐이다.

그런 사람이 대한민국의 정재계와 유흥계를 좌지우지한다?

일반적인 사람들에게는 말도 안 되는 헛소리로 들릴 것이다.

"그러니 조심하십시오."

"그래, 알겠네. 어르신들께는…… 내가 따로 말씀드리지."

공수찬의 말에 노형진은 살짝 미소를 지었다.

⚖

"슬슬 사람이 붙는 것 같네."

노형진은 슬쩍 종우택을 바라보았다.

종우택은 모르고 있는 것 같지만 그의 주변에는 알게 모르게 감시하는 사람들이 늘어나고 있었다.

이것이 법이다

물론 그건 그의 사람들은 아니다.

"역시 켕기는 게 많은 모양이네."

"당연하지. 종우택이 관련 자료를 훔쳐서 도망갔다는데 속 편한 정치인이 있겠어?"

애초에 목적이 있지 않은 이상에야 그걸 훔쳐 갈 이유가 없다. 그러니 당연히 모두가 이쪽에 관심을 보일 수밖에 없다.

"그리고 이때쯤에서 우리가 사람을 보내야지."

"누구?"

"기자를 보낼 거야."

"기자?"

"그래, 기자. 이미 종우택과 약속을 잡아 놨어."

노형진은 코리아 타임라인의 기자에게 말해서 종우택과 약속을 잡도록 했다.

정확하게 말하면, 종우택에게 먼저 연락해서 약속을 잡도록 했다.

"그리고 오늘이 종우택을 만나러 가는 날이지."

노형진은 히죽 웃으며 말했다.

"그게 의미가 있나?"

"의미가 있지. 종우택과 기자의 만남, 그런데 그게 기자가 만나자고 한 건지 아니면 종우택이 만나자고 한 건지, 다른 사람들은 알 수가 없거든."

그런데 종우택은 현실적으로 외부에 잘 알려진 유명인도, 또 기자가 찾아갈 만큼 핵심적인 사건의 중요 인물도 아니다.

"그런데 기자가 찾아갔다면, 사람들이 무슨 생각을 하겠어?"

"아하!"

그렇잖아도 노형진이 종우택의 고발에 대해 이야기해 둔 상황이다.

"지금 아마 종우택 집에 들락날락하는 사람들에 대해서는 무조건 신분 조사하고 있을걸."

사진을 찍어서 그 신분을 확인하는 절차는 당연히 있을 것이다.

그리고 기자의 신분을 확인하는 건 어려운 일이 아니었다.

"오, 들어간다."

약간 떨어진 곳에서 보고 있자니 한 기자가 집의 벨을 누르는 모습이 보였다.

그리고 잠깐 인터폰으로 이야기하는 듯하더니 안으로 들어간 기자.

하지만 오래 있지는 않았다.

한 30분 정도 있다가 나왔다.

그런데 그렇게 나오는 기자의 모습에 오광훈은 눈을 크게 떴다.

"뭔가 바뀐 것 같은데? 가방이 어…… 엄청 두툼해졌는데?"

아까 전에 들어갈 때만 해도 가방은 빈 것처럼 얇았다.

그런데 지금 나오는 기자의 가방은 제법 두툼했다.

원래 큰 가방이 아니라고 하지만 그래도 너무 티가 날 정도로 두꺼워졌다.

"아니, 뭔가 가지고 오나? 종우택이 뭔가 준 거야?"

"그럴 리가 있냐?"

노형진은 피식 웃으며 말했다.

"약간의 속임수야."

"약간의 속임수?"

"그래. 애초부터 저 가방은 빈 거야."

다만 그 안에 두꺼운 박스가 하나 들어 있을 뿐이었다.

당연히 박스라고 해 봐야 그 두께는 그다지 두껍지 않아서 가방은 홀쭉하게 보일 수밖에 없었다.

"그래서 내가 살짝 부탁해 놨지. 나올 때 그 박스를 접어서 가로로 놔 달라고."

당연히 박스 종이는 커질 수밖에 없고, 그걸 가방에 넣으면 빵빵하게 가방이 커질 수밖에 없다.

"어째서?"

"너도 쉽게 알았잖아? 들어갈 때 홀쭉한 가방, 나올 때는 두꺼운 가방. 딱 각 나오잖아?"

"증거를 넘겼다?"

"빙고."

노형진은 오광훈의 말에 맞다는 듯 고개를 끄덕거렸다.

"오해를 불러오는 방법은 많지."

오광훈조차도 한 번에 알아볼 정도의 사항을 눈치 빠른 정치인들이 모를 리가 없다.

당연히 그 가방에 뭐가 들어 있는지 잔뜩 긴장하게 될 것이다.

"하지만 그걸로 아무것도 안 할 거 아냐. 애초에 증거고 뭐고 아무것도 없는데 뭘 어쩌겠어? 흐지부지 끝나는 거 아니야?"

오광훈은 이해가 안 간다는 듯 말했다.

빈 박스 종이일 뿐이다. 그게 힘을 발휘하기는 힘들다.

"글쎄다. 내가 봐서는 아마 그 빈 박스가 생각보다 큰 힘을 발휘할 것 같은데."

"으음?"

"그리고 말이야, 이다음은 네 차례니까 준비하고 있으라고, 후후후."

⚖️

며칠 전 노형진은 안당을 찾았다.

이것이 법이다

종우택이 자료를 훔쳐 갔다는 소문을 냈으니 그걸 사실로 만들기 위해서는 안당의 도움이 필요했다.

"나쁜 놈 하나를 희생양으로 만드시죠."

"나쁜 놈?"

"네. 제가 일단 수를 써 놨습니다. 뭐가 터지든 종우택이 뒤집어쓸 겁니다."

"그런가?"

"네. 그러기 위해서는 희생양이 필요합니다. 적당한 사람이 있습니까?"

"희생양이라……."

안당은 입을 다물었다.

얼마 전까지라면 그녀는 절대 입을 열지 않았을 것이다.

하지만 지금은 상황이 좀 다르다.

더군다나 종우택을 순장시키기 위해 희생양을 하나 내놓는 건 어렵지 않았다.

"그나저나 희생양이라니 의외군. 그런 방법은 잘 쓰지 않으려고 했던 것 같은데?"

"뭐, 어차피 나가리 아닙니까? 그리고 저도 의뢰받아서 하는 일이지, 나쁜 일을 하는 놈이 좋아서 하는 건 아니거든요."

"하긴, 네놈은 그런 놈이었지."

종우택이 증거를 가지고 갔다는 건 반대로 말하면 안당이 그 증거를 가지고 있다는 말도 된다.

그리고 적당한 희생양 하나만 내밀면 종우택은 권력자들에게 위험한 대상이 된다.

그게 노형진이 바라는 함정이었다.

"딱 한 명이면 되나?"

"네. 하지만 이슈가 될 만한 놈이면 좋을 것 같은데요."

"이슈라……. 유명하기만 하면 된다는 거군."

"네."

딱히 지금 권력을 가진 사람일 필요는 없다.

과거의 사람이어도 유명해서 언론에서 씹을 만하기만 하면 된다.

그런데 잠시 후 안당의 입에서 나온 이름은 상상을 초월한 것이었다.

"그러면 이진경 의원이 딱이군. 아니, 전 의원이군."

"이진경요? 아, 기억납니다. 전전대 자유신민당 의원이었지요?"

"그래."

제법 유명한 사람이고 한때 당권 경쟁까지 했던 사람이다.

하지만 당권 경쟁에서 밀린 후 급속도로 권력을 잃어버렸다.

반대파가 권력을 잡은 후에 공천까지 거부당했고, 화가 난 그는 무소속으로 나왔지만 결국 참패하면서 권력을 모조리 잃어버렸다.

하지만 활동할 당시에 워낙 유명했던 사람이라 이슈성에서는 제법 이점이 있었다.

"적당하네요. 권력이 없으니 이제 보복도 못 할 테고. 그 사람 파벌도 대부분 축출당했지요?"

"그래. 이름만 남고 권력은 없지."

"그런데 그 사람이 이슈가 될 게 있습니까?"

더군다나 안당과 엮일 정도면 상당히 큰 건일 수밖에 없다. 어쭙잖은 사건 사고는 스스로 커트할 수 있을 테니까.

"이진경 의원, 불륜이야."

"뭐, 그거야 관심은 끌지언정 딱히 특이할 건 없을 것 같은데요."

사실 정치인들이 첩 두는 거야 워낙 고질적인 문제이다 보니 딱히 기사화될 것도 아니다.

"불륜만이라고 하면 사실 이슈가 될 리가 없지. 하지만 불륜 대상이 문제야."

"불륜 대상이 문제라고요?"

"이진경 의원에게는 아들이 두 명이 있었어."

"설마……?"

"둘째 아들은 연 끊고 이혼했지."

"설마…….."

"이진경이 갑자기 권력을 잃어버린 이유가 뭐라고 생각하나?"

"설마? 진짜요?"

딱 듣는 순간 노형진은 기가 막혔다.

연을 끊은 부자지간, 그리고 아들의 이혼.

"며느리랑 바람난 겁니까?"

"그랬지."

한창 당권에 도전하던 시절 둘째 며느리랑 바람이 났고 그게 레이더에 걸렸다.

아무리 세상이 개방적이 되었다고 해도 그건 반인륜적인 행위였고, 그게 공개되면 집안이 박살 나는 건 순식간이었다.

"당권과 권력을 포기했지. 무마하는 조건으로 말이야."

그리고 그 당시에 안당은 자유신민당의 부탁을 받아서 지라시를 통제했다.

지라시에라도 소문이 돌면 난리가 나니까.

"우우…… 진짜 더럽네요."

"그래. 하지만 쓸 만한 정보지?"

이제 이게 터진다고 해도 사실 그들 입장에서는 바뀌는 게 없다.

욕은 먹을지언정 이제 공인도 아니고, 이혼한 며느리는 해외로 나가 버렸다고 했다.

"하지만 사람들이 씹기에는 딱 좋은 주제지."

"그런 것 같네요."

노형진은 씩 웃었다. 딱 그가 원하는 사건이었다.

"이제 사건을 정리해 볼까요? 후후후."

마지막은 너와 함께

"이게 무슨······."

자유신민당의 의원들은 비밀리에 회동했다.

뉴스에 나온 소식에 온 나라가 들썩들썩하고 있었고, 그 사실을 이미 알고 있었던 건 다름 아닌 이들이었다.

"이진경 의원의 사건이 새어 나가다니, 이거 어떻게 생각합니까?"

"이건 심각한 문제입니다."

그렇잖아도 자유신민당의 이미지는 좋지 않다.

부패 정당 또는 성추행 정당, 뇌물 정당 등등.

그래서 이 사건이 터졌을 때 자유신민당은 사건을 무마하는 걸 선택했다.

터트리지 않아도 이진경을 날려 버리기에 충분한 데다가, 도리어 터트리면 근친 정당이라는 최악의 이미지까지 생길 게 뻔하니까.

그런데 그게 터져 나갔다.

"어디서 샌 겁니까?"

"얼마 전에 종우택이라는 안당의 부하가 자료를 훔쳐서 튀었다고 합니다. 그리고 이 기사를 쓴 사람이 그를 찾아간 기록이 있습니다."

"기록을 훔쳐?"

"네. 정보에 따르면 죽을 날이 머지않은 안당을 대신해서 그쪽 권력을 차지하기 위해 여기저기 들쑤신다고 하더군요."

"그 말은……?"

"우리에게 보내는 일종의 협박으로 보입니다."

자신들에게 실질적인 타격은 없지만 이미지에 제대로 똥칠을 했다.

물론 그 자료를 준 것은 노형진이다.

정확하게 말하면 기자에게 그렇게 쇼를 해 달라고 할 때 맨입으로 해 달라고 하면 당연히 해 주지 않기 때문에 사건 하나 주기로 하고 시켰는데, 그 사건이 바로 이진경 사건이었다.

당연히 그 정보의 출처가 어디인지 사람들이 물었지만 기자 입장에서는 취재원 보호라는 말로 끝내면 그만이다.

"안당이 그걸 공개할 이유는 없지요?"

"안당이 할 이유가 없습니다. 이미 목숨이 얼마 남지 않았습니다. 이걸 공개해서 얻을 이익이 없습니다. 다만 내부 정보에 따르면, 안당이 내정한 후계자를 종우택이 쳐 내려고 한다는 정보가 있습니다."

"그리고 그걸 우리한테 도와 달라 이건가요?"

"정확하게는 안당이 가진 권력을 넘기는 데 순순히 협조하라는 일종의 협박으로 보입니다."

협박이라는 게 꼭 찾아와서 이야기하라는 법은 없다.

가끔은 너희에게 엿을 먹일 수 있는 힘이 있다는 걸 증명하는 것만으로도 협박이 될 때도 있다.

"종우택이라. 미쳤군."

다들 이를 박박 가는 그때였다.

누군가 조심스럽게 입을 열었다.

"진짜 문제는 그게 아닙니다. 사실 이건 우리 쪽에 문제가 될 건 없지 않습니까?"

"그런데요?"

"종우택이 오광훈을 만났다는 첩보가 있습니다."

"오광훈?"

"그렇습니다."

"그 꼴통 말입니까?"

"네."

다들 뜨끔한 표정이 되었다.

오광훈이라고 하면 위에서 통제되지 않는 꼴통 검사이기 때문이다.

그 녀석이 종우택과 만나서 증거를 받았다면 여러 명이 다칠 수도 있다.

아니, 당 자체가 날아가고도 남을 수도 있다.

"아니, 이런 미친 새끼가! 도대체 무슨 생각인 거랍니까?"

"아무래도 무슨 수를 써야 할 것 같습니다."

"이미 증거가 넘어간 거 아닙니까?"

"그렇다고 의심은 하고 있지만……."

"안 되겠습니다. 그 종우택을 처분합시다. 이건 도를 넘는 짓입니다."

"하지만 오광훈이 문제입니다. 이미 증거를 넘겨받았다면……."

수사가 진행될 테고, 피바람이 부는 건 당연한 일이다.

그리고 그건 부담스러운 일이다.

"오광훈은……."

오광훈은 현직 검사고 스타 검사다. 처분하기에는 부담스럽다.

"접촉해 봅시다."

"먹힐까요?"

"오광훈은 열혈이기는 하지만 바보는 아닙니다. 아마 상당한 사탕을 줘야겠지만……."

결국 그들은 종우택의 파멸을 위한 움직임을 시작했다.

⚖️

오광훈은 종우택에게 만나자고 했다.

물론 종우택은 더러운 일을 했던 처지인지라 검사가 만나자고 하는 걸 거부할 입장은 아니었다.

오광훈은 그를 만나서 그저 몇 마디 잡담을 했을 뿐이다.

"진짜 연락이 왔던데?"

같이 노래방에 간 두 사람.

안전을 확인한 후에 노형진에게 오광훈은 그간의 사정을 이야기했다.

그렇게 몇 번 만났을 때 모 정치인의 비서관에게서 연락이 왔다. 조용히 만나고 싶다고.

"너는 검사야. 네가 뭘 쥐고 있는지 궁금하겠지."

"하지만 쥐고 있는 게 없는데."

진짜 잡담뿐이었고, 종우택도 의심만 할 뿐 딱히 뭘 하거나 한 것도 없다.

"그건 상관없어. 이번 작전은 일종의 뻥카니까."

"뻥카라니?"

"애초에 없는 걸 있다고 생각하게 하는 거야."

"응?"

"너도 까먹은 점수를 얻어야지."

스타 검사의 핵심은 그들의 성장이다.

"다른 사람이야 그렇다고 해도, 너는 까먹은 점수가 너무 많아. 알지?"

사실 오광훈 정도의 경력과 실적이면 이미 부부장검사는 확정이고, 라인을 잘 탔다면 부장검사까지도 봤어야 한다. 그런데 그는 여전히 평검사다.

이유는 간단하다.

그가 워낙 정치나 상관 쪽에 찍힌 게 많아서다.

"너도 안에서 널 안 좋게 보는 거 알지?"

"알지."

검찰에는 전통이 하나 있다.

후임이 상관이 되면 검찰을 그만두고 나가는 것이다.

기수 문화가 확실한 게 검찰인데, 만일 후임이 상관이 되면 기수 문화가 붕괴되기 때문에 그런 전통이 있다.

"하지만 그게 꼭 규정은 아니란 말이지."

사실 이미 오광훈의 후임이 부부장검사를 달았다.

그랬으면 오광훈은 나가야 하지만, 원래 조폭 출신인 오광훈이 그딴 규칙도 아닌 전통에 신경 쓸 리가 없다.

"아무리 스타 검사라고 하지만 평생 평검사는 그렇잖아. 점수 따고 너도 승진 좀 해야지."

"우음……."

오광훈은 머리를 긁적거렸다. 그간 저지른 게 하도 많아서 점수를 따는 건 불가능하다고 생각했으니까.

"꼭 따야 하나?"

"야, 그래도 최소한 지검장은 하고 나와야 우리가 써먹지."

"거참, 조폭 출신한테 별걸 다 바란다."

오광훈은 툴툴거렸다.

그것도 아는 게 있어야 해 먹는다고 생각했으니까.

하지만 그런 마음을 아는지 노형진은 피식 웃었다.

"걱정 마. 대가리에 똥만 차도 라인만 잘 타면 지검장은 할 수 있어. 최소한 법 상식이 없어도 라인만 타면 그건 일도 아니야."

"와, 씨발. 그걸 부정하지 못하는 내 처지가 더 서럽다."

가끔 보면 검사 자격을 무슨 딱지치기로 딴 게 아닐까 하는 놈들이 있는 게 사실이다.

더 웃긴 건, 그런 놈들일수록 더 높은 곳으로 간다는 거다.

"그러니까 이번에 점수 좀 따야지."

"어떻게?"

"이렇게!"

노형진 핸드폰을 꺼냈다.

박스마다 가득 담겨 있는 서류 사진이 보였다.

"이건 뭐야?"

"없는 걸 대신할 뺑카들."

"없는 걸 대신한다?"

"그래. 연락이 왔으니 이제 그쪽에 우리가 대응해 줘야지, 후후후."

며칠 후 오광훈은 자신에게 연락한 사람을 만났다.

"안녕하세요, 오 검사님?"

"누구십니까?"

"윤시내라고 해요."

상당한 외모를 가진 여성이 찾아오자 오광훈은 피식 웃었다.

'미인계다 이건가?'

물론 그런 미인계에 넘어가기에는 오광훈이 과거에 너무 방탕하게 놀았다.

상대적으로 미인이라고 하지만 그가 운영했던 술집에는 연예인 뺨칠 만한 외모의 여자들이 많았기에 눈에 차지도 않았다.

"제가 질문을 잘못한 것 같네요. 누가 보냈어요?"

"그게 중요한가요?"

윤시내의 말에 오광훈은 고개를 끄덕거렸다.

이미 모든 대응책은 노형진에게서 들은 상태였다.

"브로커가 병신이네."

"뭐요?"

"자기 라인도 안 까고 일단 동아줄을 붙잡으라고 하면 내가 그걸 덥석 잡겠습니까?"

"그건······."

"내가 자유신민당 것만 적당히 정리해서 민주수호당에 한번 방문할까요?"

윤시내의 얼굴이 당혹감이 서렸다. 이런 경우는 처음이니까.

"무슨 말씀이신지?"

"그게 아니라면 가세요. 나 바쁜 사람이니까. 그러고 보니까 얼마 전 송정한 의원님이 한번 만나자고 하던데 오늘 뵙는 걸로 해야겠네요. 김 주사, 손님 가신단다! 안내해라!"

바깥을 향해 소리를 지르자 안으로 들어오는 남자 직원.

그제야 윤시내는 다급하게 손을 흔들었다.

"장난은 안 칠게요. 잠깐만 이야기하죠."

"그래요? 좀 이따 가신단다."

남자 직원은 다시 바깥으로 나갔다.

"진짜 막나가는 거군요."

"내가 아쉬울 게 있어야지."

"내가 왜 왔는지도 아시겠네요, 그럼?"

"그렇잖아도 정리 중이었는데 모르겠소?"

그렇게 말하며 오광훈은 싱긋 웃었다.

"사건 기록이 아주 재미있더만."

"으음……."

윤시내는 오광훈의 협박 아닌 협박에 입술이 바짝바짝 말랐다.

'이건 완전히 불리한 싸움인데.'

그녀는 오광훈을 포섭하려고 왔다.

그런데 이미 그는 자료를 가지고 협상을 걸고 있다.

"그래서 뭘 원하시죠?"

보통 브로커는 이런 식으로 일하지 않는다.

하지만 지금 상황에서 절대적으로 유리한 건 오광훈이니, 이쪽에서 숙이고 들어가는 수밖에 없다.

"원하는 거라……."

오광훈은 살짝 고민하는 척했다.

"간단하게 갑시다. 그래도 전관 받으려면 나도 승진 정도는 해야 하지 않겠소?"

"고작?"

"고작이 아니지. 내가 어디까지 가고 싶은 줄 알고."

"으음……."

하긴, 검사장까지만 간다고 해도 검찰 내부에서는 무소불

위의 권력을 휘두를 수 있다.

"어린 새끼들이 내 위에서 깝치는 것도 마음에 안 들고."

"그것뿐인가요?"

"뭐, 그쪽이 나랑 자 주려고? 미안한데 그쪽은 내 취향 아니야."

"알고 있어요. 백자연 양이라고 했나요? 어리고 귀엽……."

말하던 윤시내는 순간 얼어붙었다.

공기가 싸늘하게 얼어붙었기 때문이다.

그리고 그녀는 아차 싶었다.

그제야 예민한 부분을 건드린 것을 안 것이다.

"요즘 브로커들은 목숨 줄이 여러 개인가 봐?"

"아니…… 그게……."

"네년을 털면 네 뒤에서 몇 명이나 나올까 궁금해지는데? 물론 그건 그때까지 네년이 살아 있을 때의 이야기지만."

"미안해요. 내가 실수했네요."

"대한민국 검사야 만만하겠지. 하지만 브로커라면 알 텐데, 스타 검사들 뒤에 누가 있는지?"

새론이 있고, 새론 뒤에는 마이스터가 있다.

다르지만 또 같기도 하다.

그래서 검찰 내부에서도 스타 검사들을 꺼리면서도 건들지 못하는 것이다.

"이해해 주기 바라요. 이쪽에서도 중요한 일이라 기본적인 조사를 해야 해서……."

"조사? 좋지. 하지만 그렇게 가벼운 입으로 브로커질을 하면 오래 못 살아. 오래 살고 싶으면 집에서 밥이나 해."

분명 모욕적인 말이다.

하지만 윤시내는 부정할 수 없었다.

이번에는 자신이 큰 실수를 한 거다.

"미안해요."

"다음번에는 이러지 않았으면 좋겠네."

싸늘한 공기가 그나마 가시고 나서야 윤시내는 조심스럽게 입을 열 수 있었다.

"승진을 원하나요?"

"일단은 부부장검사로 시작하지. 가능하면 위로 가고 싶으니까."

"협상의 여지가 있다고 봐도 무방하겠네요?"

"사람이 유도리 있게 살아야 하는 거 아니겠어?"

윤시내는 고개를 끄덕거렸다. 그 정도면 어려운 조건은 아니다.

"그렇게 말씀드리지요. 그리고 확인은 어떻게 하실래요?"

"확인이라……. 할 필요가 있나? 아니, 할 수는 있나?"

"하긴, 그렇겠네요."

오광훈이 사본을 가지고 있다고 말한들 확인해 봐야 소용도 없다.

더군다나 누군가를 보내서 확인한다는 것도 어불성설이다.

그 안에 있는 내용 하나하나가 치명적이다.

모두에게 공평하고 평등하게 믿을 만한 사람이라면 또 모르겠지만, 정치판에 그런 사람은 존재하지 않는다.

"섣불리 의심하는 것보다는 서로 믿고 사는 게 좋지 않겠어?"

오광훈의 말에 윤시내는 고개를 끄덕거렸다.

"하지만 그걸 어떻게 확인하지요?"

"동영상을 두고 뭘 확인해? 오늘 전부 소각하지."

"알았어요."

"하지만 확실하게 해 두자고. 내가 가진 자료만이야. 종우택 그쪽에서 새어 나가는 건 내 책임이 아니야. 무슨 말인지 알지?"

"그렇게 하지요."

윤시내는 고개를 끄덕거렸다.

사실 오광훈에 대해 알아보았을 때는 꽤 힘들 거라고 생각했다.

어떤 때 보면 부패한 인간인데, 어떤 때는 열혈이다.

종잡을 수 없다 보니 조심스러운 건 사실이었다.

하지만 다행히 협상은 잘되었고, 애매하기는 하지만 일단 이쪽의 안전은 확보되었다.

"약속은 지키는 게 좋을 거야. 무슨 소리인지 알 거라 생각해."

"그쪽이야말로 조심하세요."

"걱정하지 마. 나도 내 목줄 조이는 걸 즐기는 타입은 아니거든. 아, 그리고 내가 선물로 재미있는 이야기를 하나 해주지, 후후."

오광훈은 슬쩍 웃으며 말했다.

웃음이 나오지 않을 수가 없었다.

'내가 가진 건 아무것도 없는데, 후후후.'

하지만 저쪽은 그것도 모르고 자신을 부부장검사로 승진시켜 준단다.

'땡잡았네, 땡잡았어.'

그런 그의 미소를 윤시내는 다르게 해석하고 있었다.

드디어 그가 권력에 맛을 들이기 시작했다고 말이다.

'어쩌면 다음번에는 더 이용하기 쉬울지도 모르겠어.'

그녀는 그런 생각에 똑같이 웃기 시작했고, 두 사람은 서로 다른 의미에서 서로를 바라보면서 웃었다.

⚖️

오광훈은 잔뜩 쌓여 있는 서류를 태우는 장면을 찍어서 윤시내에게 보냈다.

물론 그게 전부인지 알 수는 없지만, 어찌 되었건 정치인들 입장에서는 그나마 마음이 편해지는 것은 어쩔 수 없다.

그걸 협박하는 놈이 가지고 있는 것과 자기들과 한배를 탄 놈이 가지고 있는 건 전혀 다른 느낌이니까.

쉽게 말해서 오광훈이 안당과 같은 포지션을 가지게 된 것이다.

바로 이게 노형진이 노리는 것이었다.

아무리 봐도 손예은이 그 포지션을 가지고 가는 건 한계가 있었으니까.

"그쪽은 해결된 것 같고, 이제 중요한 건 종우택이에요."

"그래. 그놈을 죽여 버리고 싶은데 상시 경호원이 있는 모양이야."

윤시내의 보고에 다들 꺼림칙한 표정이 되었다.

일단 급한 불만 끈 상황이기 때문이다.

진짜 불씨인 종우택은 아직 멀쩡하다.

"그 건에 대해 오광훈이 정보를 줬어요. 확실한 건 아니지만요."

"확실한 건 아니라고?"

"애초에 종우택이 오광훈에게 정보를 줄 이유가 없었잖아요."

"그건 그렇지."

종우택과 오광훈은 사이가 좋았던 것도 아니다. 그런데 정보를 주었다는 건 확실히 이상하다.

"자기가 털던 사건 중에서 이상한 사건이 있대요. 폭력 조직의 보스들이 갑자기 사라진 사건인데."

"폭력 조직의 보스들이?"

"네, 범죄와의 전쟁 시절에 있었던 일이라고 하더군요."

오광훈은 노형진이 알아낸 사실을 마치 자신이 알아낸 것처럼 윤시내에게 이야기해 줬다.

윤시내의 입에서 흘러나오는 이야기를, 정치인들은 진지하게 들었다.

"어떻게 생각하나?"

정치인들 사이에는 검찰이나 법원 출신이 있으니, 오광훈이 조사한 것에 대해 그들에게 묻는 건 당연한 수순이었다.

실제로 그 당시에 그들이 활동했으니까.

"가능한 일입니다. 그 당시에 도주한 깡패 새끼들이 한두 명도 아니고, 일단 보이지 않으면 무조건 도주로 처리했으니까요."

즉, 누군가가 죽였다 해도 여전히 도주로 남아 있을 거라는 거다.

"거기에다 공소시효까지 지났으니 누가 신경이나 쓰겠습니까?"

이건 가족이 신고해도 접수조차도 안 된다.

아니, 물론 접수야 된다.

이것이법이다

하지만 신분을 조회하면 범죄자이고 수배자인 게 나오는데 경찰이 이걸 실종으로 수사할 리가 없다.

"그런 경우는 무조건 도주로 보거든요."

"그 말은 진짜로 종우택이 그들을 죽였을 수도 있다?"

"그것 말고는 그놈이 살아남을 방법이 없었던 것 같네요. 그 당시 조폭들은 사람 목숨은 파리 목숨으로 알았으니까요."

지금이야 일반인을 건드리면 여러모로 피곤하니 조폭들도 어지간하면 몸을 사린다.

애초에 범죄와의 전쟁이 일반인을 건드렸다가 벌어진 일이다.

조폭이 일반인의 재산을 빼앗으려고 했고, 지역 경찰에 신고했지만 예나 지금이나 토착화되어 지방 세력과 결탁한 경찰이 제대로 처리할 리가 없었다.

너무 화가 난 그 사람은 자비를 들여서 경찰과 정부를 성토하는 신문광고를 올렸고, 그걸 보고 그 당시 대통령이 범죄와의 전쟁을 선포한 것이다.

물론 거기에 정치적 목적이 있긴 했지만 그 이후에 일반인을 건드리는 조폭은 많이 사라졌다.

"그래서 도망간 놈들이 너무 많아요. 도주로 처리된 건 조사도 하지 않았고요."

결국 살해 가능성이 있다는 거다.

"그러면 그걸로 종우택을 엮을 수 있겠습니까?"

"가능할 것 같습니다."

"그걸로 가지요."

그 경기동부연합에 속해 있던 조폭의 보스가 몇 명이었는지 모르지만, 그들이 모두 살해된 거라면 종우택은 영원히 끝장이었다.

"종우택이 찾아왔더군."

며칠 후 노형진은 안당 마님의 부름을 받고 병원으로 갔다. 그리고 그곳에서 종우택의 소식을 들을 수 있었다.

"뭐라고 하던가요?"

"나 혼자 죽지는 않을 거라고 악을 쓰더군."

"자기 혼자는 안 죽는다라……. 수사 중인 걸 안 모양이네요."

하긴, 오광훈에게 전해 듣기로는 종우택 수사 하나에 검사만 두 팀이 붙었다고 한다.

제대로 보내 버리겠다는 의미다.

"나야 상관없지만."

"상관이 있고 없고를 떠나서, 아무리 떠들어 봐야 이제 종우택은 힘을 못 씁니다."

고발해 봐야 검찰 라인에서 잘릴 테고, 기자들에게 제보해 봐야 이미 오더를 받은 편집장 라인에서 잘릴 게 뻔하다.

"인터넷에 올려 봐야 관종 취급이나 받겠지요."

더군다나 지금 인터넷은 철저하게 감시되고 있다. 조금이라도 비슷한 글이 올라오면 무조건 삭제 처리된다.

"아무리 떠들어 봐야 어르신의 문제가 나오지는 못할 겁니다."

"자네가 그런 거라면 그런 거겠지."

말하던 안당은 눈을 감고 침대에 기대앉았다.

"그런데 그 말이 사실인가? 종우택이 나를 배신했다고?"

"네. 다만 숨어 있었을 뿐이지요. 그는 돌아온 적이 없습니다."

"그런 건가. 말년에 배신을 아는 건 기분이 좋지는 않군."

"세상을 살다 보면 별일이 다 있는 법이니까요."

"그러면 이제 어떻게 되는 건가?"

"일단 그 건에 대해서는 방법이 없습니다."

애초에 그가 죽였다고 해도 현행법상 이미 공소시효가 끝났다.

조사하고 있지만, 그런다고 해서 종우택에게 처벌을 가할 수는 없다.

"다만 종우택에게 압박이 될 수는 있지요. 아마 그래서 찾아왔을 겁니다."

어차피 처벌받을 일은 없다.

그러니 모든 걸 폭로하고 같이 죽겠다고 떠드는 것이다.

만일 처벌받을 상황이라면 그는 안당에게 빌어서 사건을

덮으려고 할 것이다.

"하지만 그는 한 가지만 알고 두 가지는 모르는 겁니다."

"세상은, 그렇게 호락호락하지 않지."

안당은 지그시 눈을 감았다.

"어쩌면…… 진짜로 같이 순장될지도 모르겠군."

노형진은 아무런 말도 하지 않았다.

"이게 무슨……."

수사가 진행되자 종우택을 둘러싼 상황이 돌변했다.

하루에도 몇 번씩 경찰이 찾아오고 스물네 시간 경찰이 감시한다.

종우택은 화가 나서 혼자는 못 죽는다며 안당을 겁박했지만, 안당은 신경도 쓰지 않았다.

도리어 그를 경호하던 사람들이 갑자기 주변을 떠났다.

"젠장! 젠장! 어떻게 된 거야? 내가 제보한 거 못 받은 거야? 그럴 리가 없는데!"

그는 증거가 될 만한 자료를 몇 개 기자들에게 보냈다.

하지만 단 한 명도 연락하거나 하지 않았다.

억울한 마음에 인터넷에 글을 올렸지만 올린 지 30분도 되기 전에 글은 삭제되었다.

그가 외부에 말할 수 있는 모든 통로가 막혔다.

"이게 아닌데…… 이게 아닌데……."

그는 자신이 할 수 있는 모든 방법을 찾아서 일을 이슈화하려고 했다.

하지만 누구도 자신의 말을 들어 주지 않았다.

마치 한국에서 자신만 왕따를 당하는 느낌이었다.

"이럴 수는 없어. 이럴 수는……."

노형진이 어떤 인간인지 나중에야 알았다.

하지만 그래도 섣불리 손을 쓰지는 못할 거라 생각했다.

그가 가진 많은 증거들 때문에, 안당을 위해서라도 그 자신을 건드리지 못할 줄 알았다.

그런데 그걸 빼앗는 것도 아니고 말할 수 있는 통로 자체를 막아 버리는 건, 정말이지 생각도 못 했다.

심지어 기자회견을 할까도 생각했다.

하지만 기자가 와야 기자회견을 하지, 고작 깡패인 그의 기자회견에 누가 오겠는가?

노형진이 왜 언론사인 코리아 타임라인을 만들었겠는가?

아무리 억울한 사건이라고 해도 그걸 발표할 수 있는 통로가 없으면 현대사회에서는 아무런 힘도 가지지 못하기 때문이다.

"안당…… 안당…… 젠장."

이제 안당의 재산을 물려받는 문제는 아무것도 아니다. 당장 중요한 것은 살아남는 거였다.

"일단 해외로 떠야겠어. 중국 쪽으로 가서 당분간은 조용히 있어야겠어."

아직 그에게 공식적인 혐의가 붙은 건 아니다. 그러니 그에게 출국 정지가 떨어진 것도 아니다.

"일단은 잠적해 있다가……."

그렇게 비행기표를 알아보는 그때, 그의 핸드폰이 부르르 울렸다.

거기에는 그가 원하지 않던 문자가 찍혀 있었다.

─부고 안당 어르신 사망. 대룡종합병원.

"큭."

모든 게 날아갔음을 알려 주는 그 문자를 보며 그는 눈을 찌푸렸고, 그 때문에 조용히 뒤에서 들리는 문소리를 듣지 못했다.

⚖

며칠 후 안당의 발인 날. 그녀의 장례식은 무려 오일장으로 치러졌다.

수많은 사람들이 왔다 갔고 수많은 사람들이 그녀의 마지

막을 지켜보았다.

그리고 공식적으로 후계자로 인정된 손예은이 자식이 없는 안당을 대신해서 상주 노릇을 했다.

노형진은 그 장례식장에서 착잡한 기분으로 마지막 식사를 했다.

"바쁘네."

"아이고야, 내가 죽겠다. 왜 남의 장례식장에서 나한테 인사하는 거야?"

"왜일 것 같냐?"

오광훈은 입을 다물었다.

정치인들은 안당의 자료가 오광훈에게 넘어갔다고 생각하고 있다. 그러니 좋은 관계를 유지하고 싶을 것이다.

"그런데 손예은 변호사한테 이거 넘겨야 하는 거 아냐?"

"손 변호사는 그거 감당 못한다."

일은 잘할지 모르지만 그녀는 안당의 자료를 받으면 기자 회견부터 할 사람이다.

"깨끗해지고 좋지, 뭘 그래?"

"깨끗? 이번 사건을 보고 느끼는 거 없냐?"

"하긴."

결국 종우택은 아무 말도 하지 못했다.

"만일 손 변호사가 그걸 들고 나서면 똑같은 일이 벌어질 거야."

물론 새론과 노형진이 도와준다면 상황이 바뀔 수도 있다.

하지만 그건 대한민국 전부를 적으로 돌리는 행위다.

부정을 공개한다고 사람들이 다 부정한 사람을 욕하지는 않는다. 파벌에 따라 그쪽 파벌은 도리어 이쪽을 적대한다.

"잘못한 게 한쪽도 아닌데 그걸 다 공개해 봐라."

"쩝…… 진짜 한국이 전부 적이 되겠네."

"더군다나 진짜는 있지도 않잖아."

그러니 주고 싶다고 해서 줄 수 있는 게 아니다.

"나도 좀 아쉽기는 하지만 어쩔 수 없지."

"아쉬운 건 또 있어."

"어? 뭔데?"

"'공식적'으로 종우택이 도주했다."

"도주?"

"그래. '공식적'으로는 말이지."

노형진이 눈을 찡그렸다. 그건 처음 듣는 소리였으니까.

"그게 무슨 소리야?"

"말 그대로야. 일단 수사는 해야 할 거 아니야?"

공소시효가 끝났다고 해서 조사가 끝나는 건 아니다. 다만 처벌을 못 할 뿐이다.

경찰은 당연히 종우택에게 소환장을 발부했지만 그걸 받지도 않았고, 구속영장을 가지고 그의 집으로 향했을 때 그의 집은 비어 있었다고 한다.

"그리고 공식적으로는 도주한 걸로 보여."

급하게 짐을 꾸려 서둘러 집을 나간 듯한 흔적이 보였다.

"그런데 공식적으로라는 말이 왜 붙는 거야? 도주 맞잖아."

"계좌는 그대로야."

"계좌가 그대로라고?"

"돈을 찾은 흔적이 없어."

"으음……."

도주하려고 할 때 가장 먼저 해야 하는 것이 바로 현금의 확보다.

카드를 쓰는 순간 '나 여기에 있습니다.'라고 알려 주는 꼴이 되니까.

종우택의 계좌에는 수억의 돈이 있다.

그런데 종우택은 그 돈을 현금화하지 않았다.

심지어 출금 기록도 없다.

해외로 튀지도 않았다.

그저 가방만 챙겨서 도망갔다.

"공식적으로는 도주한 거지, 누구들처럼."

"허."

오광훈의 말에 노형진은 헛웃음이 나왔다.

"어떻게 생각해? 역시…… 어르신이……?"

안당이 자신을 배신한 자를 가만두는 성격이 아닌 건 맞다.

하지만 그걸 확정하기에는, 이번에 벌인 종우택의 행동은 정치인들에게 너무 큰 위협이 되었다.

"알 수 없겠지, 영원히."

안당은 죽었고 정치인들은 입을 다물 것이다.

경찰은 도주한 범죄자를 추적하지는 않을 테고.

"결국 함께 가게 되셨네. 원하지 않던 순장이군."

"그게 무슨 소리야?"

"그런 게 있어."

노형진은 그렇게 말하고 고개를 돌려서 안당의 영정을 바라볼 뿐이었다.

천재 중에는 미친놈이 많다?

세상은 넓고 미친놈은 많다.

사회생활을 조금이라도 해 본 사람들은 누구나 다 수긍하는 말이다.

문제는 그 미친놈들이 자기들이 미친놈이라는 걸 모른다는 거다.

치이익!

맛있게 익어 가는 고기. 하지만 친구들 사이에서 씹히는 건 고기만이 아니었다.

"내가 돌겠다. 아니, 인간들이 왜 그러냐, 진짜."

"농담이지?"

"농담 같지? 그런 인간들이 일주일에 꼭 두세 명은 있어요."

푸념하는 친구의 말에 다들 어이없다는 듯 허허 웃었다.

노형진 역시 세상에 참 미친놈들이 많다며 혀를 끌끌 찰 수밖에 없었다.

"아니, 외부 음식물 반입 금지는 기본 아냐?"

"기본이지. 그런데 요즘 세상에는 기본이 뭔지도 모르는 새끼들이 너무 많아."

그는 짜증 난다는 듯 소주를 입에 털어 넣었다.

"도대체 왜 식당에 올 때 고기를 싸 오냐고."

그는 막창집을 운영하는 사람이다.

물론 막창을 판다고 해서 다른 고기를 팔지 않는 것은 아니다.

"진짜 이 미친놈들 때문에 내가 돌겠다, 돌겠어. 그걸 뭐라고 하면 맘카페에다 올려서 죽일 놈 살릴 놈 하고 있으니, 원."

고개를 절레절레 흔드는 친구.

"속 터질 만하다."

고깃집에서는 고기를 먹는 게 정상이다.

그런데 고깃집에서 모든 고기를 다 팔 수는 없다.

친구의 가게에서도 파는 건 막창과 곱창 그리고 삼겹살, 갈빗살 정도였다.

당연히 손님들이 오면 그 안에서 뭐든 시켜 먹어야 하는데, 아이들이 곱창을 안 먹는다는 이유로 목살을 사 와서 구워 먹더란다.

이것이 법이다

"아니, 장난해? 삼겹살도 있고 갈빗살도 있잖아! 그런데 목살이 웬 말이냐? 지난번에는 있잖아, 열 명이 와서 곱창 4 인분 시키더라!"

"고작?"

"그래, 고작이지. 그리고 다른 부위만 한 20인분 구워 먹더라. 개 같은 새끼들."

"너무하네."

"너무한 정도가 아니야. 치킨 시키고 자장면 시키고, 별놈의 짓을 다 한다고."

한숨을 푹푹 쉬는 친구의 표정을 보아하니 어지간히도 시달린 모양이었다.

"그래, 애들이 먹을 거니까 조금씩이라면 이해해. 그런데, 알지?"

"알 것 같다."

그렇게 애들 핑계를 대고 굽는 인간들은 애들이 먹는 것보다는 어른이 먹는 게 많다.

그런 사람들의 심보는 간단하다.

집에서 구워 먹자니 치우기 귀찮고, 제대로 하는 전문 식당에서 다 사 먹으면 비싸니 슬쩍 애들 핑계를 대면서 싼값에 고기를 먹으려는 거다.

"거지새끼들도 아니고."

툴툴거리는 친구.

그리고 모두의 시선이 자연스럽게 노형진에게로 향했다.

"아니, 날 왜 보냐?"

"우리의 호프, 우리의 해결사. 해결 좀 해 봐."

"뭘 해결해? 고소라도 해?"

"그거 말고 해결책 없냐?"

"진짜 고소하고 싶다. 니미 씨발."

툴툴거리는 친구의 말에 노형진은 입맛을 다셨다.

'이렇게 될 줄 알기는 했는데.'

진상을 고발하는 인터넷 방송이 있기는 하다.

하지만 거기에 나오는 사람들은 한정되어 있고 진상 중에서도 극악한 진상이라서 방송에 나오는 것이기에, 정작 진상이지만 지속적으로 피해를 주지는 않는 타입은 거기에 나오지도 않는다.

"하긴, 진상에게 당한 사람들이 한두 명이 아니지."

"자영업자들 사이에서 안 당한 사람이 없을걸."

"다들 그렇지."

"흠……."

진상이라는 게 애매하다.

고소하자니 일이 커지고, 안 하자니 가게에 치명타가 온다.

당장 술집에 술에 취해서 꼬장 부리는 진상 하나만 있어도 주변 손님들이 발을 끊기 때문에 그 술집이 망하는 건 순간이다.

더군다나 진상은 진상을 부른다.

어딘가에서 진장을 방치한다는 소문이 나면 마치 파리가 썩은 고기에 꼬이는 것처럼 진상들이 몰려든다.

"보아하니 너도 처음에는 모른 척했구나?"

"그냥 좋은 게 좋은 거라고 생각했지. 그런데 아주 날 호구로 알더라."

"하긴, 진상들은 사람 마음의 약한 부분을 노리지."

실제로 어떤 사람이 제대로 먹지도 못하는 불우한 아동들에게 무료로 식사를 대접한 적이 있다.

그 사람은 식당을 하는데, 원가야 얼마 안 되고 밥도 잘 못 먹는 애들 대여섯 명을 먹이는 거야 가게 입장에서 부담이 안 되기 때문에 한 행동이었다.

'하지만 나중에는 아주 진상 천지가 되었지.'

어디서 어떻게 소문이 났는지 모르지만, 나중에는 부모들이 와서 왜 자기 애들에게는 밥 공짜로 안 주냐고 밥상을 뒤엎고 난리도 아니게 되었다.

불쌍한 애들이 밥 공짜로 먹으니 자기들 애들도 밥을 공짜로 먹어야 한다는 논리였다.

똑같은 애니까.

"고매하신 변호사님, 해결책 좀."

"그건 어렵지 않아."

"이게 해결이 어렵지 않다고? 진상 출입 금지라고 붙여놔?"

"아니. 차림비를 받아."

"차림비?"

"그래. 그 사람들은 네가 해 주는 그 양보가 당연한 서비스라고 생각해서 그러는 거야."

물론 친구 입장에서는 절대 당연한 게 아니다.

그들이 고기를 구워 먹으면 거기에 숯이 나가고 반찬이 나가고 인건비가 나가기 때문이다.

"하지만 진상들은 그게 자기들이 손님이니까 당연하게 받을 권리라고 생각하지."

"그건 그래."

"그러면 권리라고 인식시키면 되는 거야. 대신에 유료라는 걸 각인시키는 거지."

"유료화하라고? 그러면 죄다 바깥에서 사 올 것 같은데."

"그거야 일반적인 경우지. 네가 원하는 게 그 진상이 정신 차리는 거야, 아니면 너희 가게 안 오는 거야?"

"으음……."

"전자라면 포기해라."

"에라, 모르겠다. 후자. 그 새끼들만 안 와도 좋겠네."

"그러면 1인당 차림비를 한 5만 원쯤 받아."

"뭐? 5만 원?"

"그래."

이 차림비라는 건 '나는 안 먹을 테니 내 건 **빼** 주세요.'라는 말이 성립되지 않는다.

그들이 먹는지 안 먹는지 확인할 수 없기 때문이다.

그래서 차림비는 무조건 숫자에 맞춰서 내야 한다.

그런데 아무리 비싸다고 해도 5만 원이면 혼자서 곱창을 퍼먹고도 남을 정도의 가격이다.

"그게 가능해?"

"가능하지. 사실 이런 건 해외에서는 흔해."

"흐, 흔하다고?"

"음, 거기서는 음식이 아니기는 하지만 말이지. 그쪽은 보통 와인이나 술 같은 거야. 한국도 몇 곳은 그렇게 운영하고 있고."

와인 애호가들 사이에서 '콜키지'라 불리는 것이 바로 그것이다.

와인을 좋아하는 사람들은 각자 취향이 있고 각자 좋아하는 와인이 있다.

와인은 전통과 역사가 긴 만큼 브랜드도 많고 다양하다.

"문제는, 그 와인에 맞는 음식을 준비하는 게 쉬운 일이 아니거든."

단순히 치즈 크래커 정도로 끝날 수도 있지만 생선 요리나 육류 요리 같은 건 집에서 해 먹기 벅차고 귀찮을 수밖에 없다.

"그럴 때 쓰는 게 콜키지야."

전문 식당에서 자신의 와인을 먹는 조건으로 와인을 먹는 데 필요한 잔 같은 걸 제공받는 거다.

"보통 3만 원 정도 하거든. 인원이 많아지면 좀 더 받기도 하지만."

"고작 잔만 주고 3만 원이라고?"

"고작이 아니라 그게 문화야. 너 지금 고작이라고 하는 거, 저 애 입장에서는 진상하고 똑같다."

"하긴, 그렇겠네."

와인에 어울리는 음식을 파는 식당이라면 당연히 와인을 팔 수밖에 없다. 그런데 외부에서 와인을 가지고 오면 좋아할 리가 없다.

"더군다나 그런 와인 애호가들 중에는 큰손이 많아."

와인 한 잔에 수십만 원씩 쓰는 사람들이다.

그런 와인을 좋아하는 사람들은 일반적인 식당에서는 사 먹지 않는다.

"그럴 수밖에 없지. 그런 식당에서 비싼 와인을 언제 나갈 줄 알고 비치해 둬?"

물론 와인은 장기 보관이 가능한 물건인 만큼 보관해 둘 수는 있다.

하지만 가게를 할 때 그 와인을 사면 그만큼 자금이 묶이는 거다.

와인 종류는 어마어마하게 많다.

20만 원짜리 와인 백 병만 사도 순식간에 2천만 원이라는 자금이 묶이는 거다.

"그래서 그런 해외 계열의 식당에서는 콜키지가 기본적으로 가능해. 한국도 가능하고."

"하지만 그걸로 뭐라고 하는 거 아니야?"

"뭐라고 못 하지. 서비스의 제공은 사장의 선택이거든. 규정의 존재는 생각보다 중요해."

만일 차림비가 없는 상황에서 그걸로 태클을 건다면 주인은 그 건에 대해 뭐라고 대꾸할 수가 없다.

"하지만 규정이 있으면 달라지지."

규정상 그렇다고 한다고 하면 그들이 인터넷에 뭐라고 해도 욕먹는 건 그쪽이다.

일단 그게 메뉴판에 고지되어 있는데 그걸 보고도 들어가서 앉았고, 안내를 받고도 선택한 셈이니까.

"서비스 규정이 없으면 주인 입장에서는 대항할 방법이 별로 없지. 하지만 규정이 있으면 그걸 어긴 건 당연히 손님이니까 대응하는 건 어렵지 않아."

"그게 가능해?"

"가능하지. 실제로 있었던 일인걸."

"엥? 진짜?"

"그래."

어떤 사람이 관광지 앞의 공터를 소유하고 있었다.

거기에 뭘 세우거나 하기에는 돈이 없었고, 그렇다고 쓰기에도 애매해서 그냥 고추를 말리거나 하는 용도로 쓰려고 뒀다.

"그런데 관광지에 온 사람들이 거기에다 무차별적으로 차를 대기 시작한 거지."

그 관광지에 주차장이 없는 것도 아니다.

그런데 그 주차장은 유료고, 뻔하게 보이는 공터는 공짜니까 옆에 텅텅 빈 유료 주차장을 두고 자꾸 거기에다 둔 것이다.

"그 사람도 처음에는 너처럼 읍소를 하거나 전화해서 빼라고 했지. 그런데 아무도 말을 안 듣더래."

야박하다는 둥 서비스 정신이 없다는 둥 별의별 소리를 다 들었다고 한다.

애초에 자신이 서비스를 제공하는 것도 아닌데 그딴 소리를 들은 그 사람은 제대로 뚜껑이 열렸다.

"그래서 사업자를 내고 유료 주차장으로 바꿨어. 시간당 2만 원."

"시간당 2만 원?"

"참고로 그때 유료 주차장은 시간당 3천 원이었다."

그걸 보고 대부분의 사람들은 가격에 찔끔하면서 결국 유료 주차장으로 발길을 옮겼다고 한다.

하지만 거기에 관광객을 실어 나르던 관광버스 운전기사는 원래 공터인 걸 안다면서 코웃음을 치고 거기에 버스를 대 버렸다.

아무래도 유료 주차장은 버스가 공간을 많이 차지해서 비용이 비싸니까.

"주인은 당연히 그걸 찍어서 압류를 걸어 버렸지."

그리고 시작된 재판.

운전사는 원래 공터고 아무것도 안 쓰는 곳에 차를 댄 것뿐이며 현실적으로 시간당 2만 원이라는 가격이 말이 되느냐고 주장했고, 주인은 내 땅이고 내가 사업자를 내서 내가 가격을 책정했는데 무슨 불만이냐고 따졌다.

"결론적으로 말하면 이긴 건 땅 주인이야. 서비스라는 건 결국 시장경제에 따른 거거든. 공산품처럼 표준 정가제가 아니니까."

당장 어떤 식당은 1인당 30만 원씩 하지만 싼 식당은 1인당 5천 원도 안 하기도 한다.

한 끼를 채운다는 건 똑같지만 주인이 매기는 서비스의 가격이 다른 것이다.

"너도 마찬가지야. 너는 네가 제공할 수 있는 서비스를 선택할 수 있고, 그게 마음에 안 들면 손님은 안 먹으면 그만이야."

"최소한 그 미친 새끼들은 안 오겠네?"

"안 오겠지. 아니, 못 오지."

"오케이! 좋은 생각이다, 하하하!"

그는 신나게 웃었다.

"이 망할 새끼들, 그냥 한번 제대로 돈 내고 먹어 봐라."

해결책을 구한 친구는 기분이 좋은 듯했다.

⚖️

―야, 그 새끼들 또 왔더라.

"그래서?"

―덕분에 쫓아 보냈다. 처음에는 이게 말이 되냐고 따지더니, 메뉴판 보여 주면서 유료 서비스라고 하니까 투덜거리면서 가더라. 그 새끼들 아주 작정했더라. 다섯 명이 왔는데 고기를 족히 4킬로그램은 사 왔어.

하지만 유료로 바뀌니 어쩔 수 없이 다른 곳으로 간 것이다.

물론 그의 친구처럼 처음부터 허락해 주는 사람은 없을 테니 아마 고기를 사 가서 식당에서 구워 먹는 짓은 더는 못 할 것이다.

―고맙다. 아주 속이 다 시원하네.

"나중에 한턱 쏴라."

―그래야지. 한번 놀러 와라.

노형진에게 감사의 인사를 건넨 친구는 전화를 끊었고, 노형진은 피식 웃으며 전화를 내려놨다.

"뭐 재미있는 일이라도 있습니까?"

마침 옆에 있던 무태식이 물었고 노형진은 방금 친구가 해 준 말을 그대로 이야기해 줬다.

"진상이라…… 캬! 하긴, 이 진상들 아주 답이 없지요. 그러고 보니 요즘은 진상 사건이 없네요."

"하긴, 그러네요."

초기에 새론은 진상을 대상으로 하는 소송을 많이 했다. 그 이후에는 진상 사건이 별로 없었다.

"아무래도 진상이라는 게 법적으로 뭘 하기는 진짜 애매하니까요."

진상이라는 게 진짜 애매하다.

법으로 처벌하자니 들어가는 돈과 시간이 아깝고, 안 싸우자니 자꾸 업무방해를 한다.

그나마 아예 대놓고 업무방해를 하면 고발이라도 하지, 커피 전문점의 테이블에 기저귀를 놓고 가거나 잔에다가 아기 오줌을 받는다거나 하는 식으로 법으로 처벌하기 애매한 건 진짜 어떻게 할 수가 없다.

"그런 새끼들은 진짜 집에서 자기가 알아서 먹었으면 좋겠네요."

무태식이 피식 웃으며 말했다.

하긴 그도 아이를 키우는 입장에서 그런 진상들 때문에 어디 다니기 힘들다고 할 지경이니까.

"제발 그랬으면 좋겠습니다, 하하하."

노형진은 그저 웃었다.

그러나 그때는 몰랐다.

진상과의 새로운 싸움이 시작될 줄은 말이다.

－소송한다는데?

"뭐?"

열심히 일하던 노형진은 갑자기 걸려 온 친구 조상필의 전화에 어이가 없었다.

－경찰 부르고 난리도 아니다.

원래 안 받던 걸 요구하는 건 명백하게 사기라고, 고소한다고 난리도 아니었다.

친구에게서 다급하게 걸려 온 전화. 그건 그 진상이 와서 개판을 만들고 있다는 것이었다.

그리고 경찰까지 출동했다고 말이다.

"사기? 뭔 개 같은 소리야?"

사기라는 건 돈을 뜯어내기 위해 상대방을 속이는 행위를 말한다.

그런데 이건 사기가 아니다.

왜냐, 서비스가 시작되기 전에 이미 가격을 고지했기 때문이다.

고지한 이상 그걸 받고 안 받고는 본인들의 선택이다.

―미치겠다. 입구에서 깽판 치고 있어서 손님이 안 들어와.

"그 새끼들, 아주 상습적인가 본데?"

―말하지 않았냐? 블랙리스트야, 블랙리스트.

"그래?"

―아주 돌겠다. 경찰은 자기들은 어떻게 할 수가 없다고 뒤에서 뒷짐 지고 구경하고 있다.

"경찰이 그렇지, 뭐."

자기들이 해결해야 하는 일이다.

그런데 일하기 싫어서 어영부영 시간만 보내는 경찰이 태반이다.

오죽하면 사람을 칼로 찌르고 있는데 뒤에서 뒷짐 지고 구경하는 경찰이 있을 정도다.

―이거 어쩌냐? 아주 작정하고 온 것 같은데.

"작정?"

―손에 들린 게 뭔지 아냐? 고기다, 고기. 심지어 우리가 삼겹살 파는 거 빤히 알면서 삼겹살을 사 왔어, 이 새끼들.

"얼씨구?"

목살 같은 거야 안 판다고 하니 어떻게 이해라도 해 주겠는데, 삼겹살은 판다.

그런데 그걸 사 가지고 왔다고?

'주문한 삼겹살에 섞어서 구워 먹겠다 이거군.'

아무래도 고깃집에서 주문해서 먹으면 고깃값이 비싸지니까.

'그렇지. 요즘 진상들이 이렇지.'

'진상을 만나다' 같은 프로그램의 영향으로 진상이 많이 줄어들기는 했다.

하지만 그건 겁먹어서 그런 게 아니다.

어떤 행동이 진상이라는 일종의 계몽 교육의 효과 덕분에 그 행동을 하지 않게 된 것뿐이다.

'하지만 계몽이고 나발이고 소용없는 놈들이 있다니까.'

그런 계몽은 일종의 살균제 같다고 보면 된다.

계몽을 통해 고칠 수 있는 사람은 고치겠지만 반대로 진짜 악성은 절대 못 고친다.

살균제의 부작용 중 하나가 내성균의 증식 아닌가?

당장 진상의 숫자는 줄었지만 진짜 진성 진상들은 도리어 더더욱 드러날 수밖에 없다.

그런 놈들은 창피를 당한다고 해서 고쳐지지 않는다.

─이거 어떻게 하지? 이러다가는 오늘 장사 못 하겠는데.

"하아."

노형진은 긴 한숨을 내쉬었다.

"업무방해로 경찰한테 고소해. 옆에 있다며?"

－했지. 그런데 경찰이 이런 건 자기들 소관이 아니라면서 그냥 좋게 해결하라는데?

"아, 씁. 진짜. 사람 귀찮게 하네. 야, 경찰 바꿔."

－잠깐.

약간의 소란이 일더니 새로운 목소리가 들렸다.

－네, 전화 바꼈습니다.

"소속, 이름, 계급을 말하세요."

－누구십니까?

"조상필 씨의 전담 변호사입니다. 업무방해 고소했는데 방치하셨다면서요? 정식으로 검찰에 민원을 넣고 업무상배임으로 고발할 테니까 말씀하시지요."

－네? 아니, 저기 잠깐만요.

"말씀하시지 않아도 소용없는 거 아시죠? 출동 기록이 다 남는 거 아실 텐데요. 편하게 가지요. 고발 넣을 테니까 바로 편하게 갑시다."

－저, 저기요. 변호사님. 그게 아니라, 아니…….

"두 번 말하게 하지 마세요. 소속, 계급, 이름."

－이러지 마시고, 저희가 처리할 테니까……. 이게 딱히 변호사까지 출동할 일은 아닙니다.

노형진은 코웃음을 쳤다.

어떻게 보면 변호사는 경찰만큼이나 비상시에 출동해야 하는 일이 많은 직업이다.

똑같은 사건이라도 변호사가 있고 없고 차이가 얼마나 큰지 가장 잘 아는 게 바로 경찰이기 때문이다.

당장 옆에 변호사가 없으면 의뢰인을 대하는 태도 자체가 달라진다.

피해자들의 개인 정보를 가해자들에게 무차별적으로 넘기기도 하고, 심지어 마약 신고자의 개인 정보를 마약 판매상에게 넘기기도 한다.

그건 자기방어권과 관련이 없는 신고다.

쌍방이 관련된 게 아니라 범죄에 대한 신고니까.

그럼에도 경찰은 마약 판매상에게 넘겼다. 대놓고 가서 죽이라는 소리다.

그리고 그게 발각되니 한다는 소리가 '우리가 잘 설득했으니 별짓 안 할 겁니다.'였다.

결국 마약 신고자는 다급하게 집을 팔고 이사해야 했다.

죽을 수도 있으니까.

노형진은 제대로 일하는 경찰에게는 최대한의 예우를 해 주지만, 그렇지 않은 경찰에게는 절대 자비가 없다.

차라리 그런 경찰이 모가지가 날아가야 그 자리에 새로운 피가 수혈될 테니까.

"변호사가 출동할 일이니까 그렇게 아시고요. 아, 그리고 이쪽에서 신분증명을 요구했는데 거절하는 것도 불법인 거 아시죠? 거절하셨으니까 그것도 고발하겠습니다."

—아…… 잠깐만요! 변호사님! 변호사……!

하지만 전화는 바로 끊어졌다.

노형진이 끊어 버린 것이다.

그리고 바로 경찰청 감사실에 전화했다.

—네, 경찰청 감사실입니다.

"여기 법무 법인 새론의 노형진 변호사입니다."

—법무 법인 새론요? 무슨 일이시지요?

새론이라는 말이 나오기 무섭게 상대방의 목소리가 굳었다.

그럴 수밖에 없다. 새론이라는 존재에 대해서는 제법 알려져 있으니까.

"지금 출동한 경찰이 가해자와 결탁해서 저희 의뢰인인 신고자를 핍박하는 정황이 드러났거든요. 당장 새로 경찰을 출동시켜서 현행범으로 체포하시죠."

—네? 그게 무슨……?

"업무방해 신고를 했는데 가해자를 막거나 체포하는 게 아니라 방치하면서 피해자에게 합의를 강요하고 있습니다. 이게 경찰 업무인가요? 해당 출동 기록을 근거로 처벌을 요구하겠습니다."

—아, 알겠습니다. 저희가 바로 알아보겠습니다.

노형진은 주소를 찍어 주고 전화를 끊었다.

그리고 채 3분도 되지 않아서 다시 친구인 조상필에게서 전화가 왔다.

─뭐냐? 갑자기 분위기 반전. 경찰이 상대방 쪽에 지랄하네.

"감사실에다가 지랄했거든. 보통 그러면 현장에서는 다급해지지."

출동한 경찰이 터치하지 못하는 부분은 민사적인 부분에 한한다.

가령 어떤 돈을 빌려주거나 돈을 받아야 하거나 하는 식의 민사적인 부분에 대해서는 경찰이 출동해도 해 줄 수 있는 게 없다.

그건 판사의 영역이니까.

하지만 그 과정에라도, 누구 한쪽이라도 형사적 영역에 대해 고발을 진행하면 경찰은 체포는 하지 않더라도 양쪽 다 경찰서로 동행해서 정식으로 고소장을 작성하고 사건 수사에 임해야 하는 것이 정상이다.

하지만 많은 경찰들이 그러한 사건들은 실적이 되지 않는다는 이유 하나만으로 민사적 부분으로 해결하라고 하면서 뒤에서 구경만 한다.

─일단 경찰이 갑자기 강경하게 나가니까 그건 좋은데 저거 어쩌냐? 하는 꼴 보니까 또 와서 지랄할 것 같은데.

"또? 보통 이쯤 되면 안 오는데."

─야, 진상 오브 진상이라니까. 오죽하면 근방 블랙리스트에 오르겠냐?

"흠······."

노형진은 아무래도 이 부분에 대해 좀 더 잘 알아봐야 할 것 같다는 생각이 들었다.

'하긴, 계몽으로 해결하지 못하는 사람들이 꼭 있지.'

세상에는 모가지에 칼이 들어와야 정신을 차리는 사람들이 존재한다는 걸 노형진은 누구보다 잘 안다.

그리고 노형진이 잘하는 것이 모가지에 칼을 들이미는 거다.

"한번 만나서 이야기하자. 그렇게 블랙리스트에 올라가 있는 거면 어쩌면 다른 사람들도 고발할 수 있을 것 같으니까."

원래 내성세균은 그에 맞는 맞춤 소독약을 개발해서 지워야 하는 법이다. 그리고 노형진은 그럴 생각이 충분히 있었다.

⚖️

"어이구야."

조상필을 만나서 이야기를 들은 진상의 방식은 기가 막혀서 말이 안 나올 지경이었다.

"그걸 가만둬?"

"지금까지야 뭐······."

"무슨 뜻인지 알겠다. 이게 인간이냐? 기가 막히네. 진짜 진성 진상이네."

가게에 가서 진상 부리다가 출입 금지당하면 경찰을 출동시켜서 진상을 부린다.

그리고 경찰이 가게 앞에서 버티고 있는데 기분 좋게 그 가게로 가는 손님은 없다.

"그것뿐이면 말 안 해."

시끄러워서 어쩔 수 없이 손님으로 받으면 온갖 서비스를 다 요구한다고 한다.

애들 먹여야 한다고 없는 음식을 넉넉하게 해 달라고 하지 않나 음료수 같은 건 무조건 서비스라고 공짜로 달라고 하고, 심지어 일반 메뉴도 서비스를 요구하기도 한다나?

"그건 경찰이 와도 대놓고 무전취식인데?"

그건 경찰을 부른다고 해도 자기가 처벌받아야 하는 무전취식에 들어간다.

"식약청을 부르더라, 씨발."

"식약청?"

"안 들어주잖아? 배를 잡고 데굴데굴 굴러. 여기서 음식 먹고 배탈 났다고."

"허."

당연히 그건 무고나 업무방해의 영역이 아니다.

배가 아프다고 하는 건 개인적인 부분이고 그건 이쪽에서 가짜라는 걸 증명할 수 없기에 업무방해에 들어가지 못한다.

무고도 마찬가지.

무고는 기본적으로 처벌받게 할 목적으로 형법상의 고발을 하는 건데 이건 식약청, 정확하게 말하면 구청에 위생 고발을 하는 거라 형법의 영역이 아니다.

당연히 무고죄의 대상도 아니다.

"이 새끼들 아주 악질이야, 악질. 어제도 경찰이 구경만 한 이유가 뭔지 아나? 경찰이라고 해도 지랄의 대상이 되거든."

어젯밤에 경찰이 가만 두고 본 게 이상하다고 생각은 했다. 그런데 그 진상들은 경찰조차도 진상 짓의 대상으로 삼고 있었다.

그렇게 진상을 떨고 허위 신고를 하는데 다른 업주들이 업무방해로 단 한 번도 신고하지 않았을 리가 없다.

"그런데 말이지, 경찰이 신고받고 처리하려고 하잖아? 그 경찰한테 진상을 떨어요."

그냥 현장에서 저항하거나 하면 경찰이 공무집행방해죄로 체포할 수 있다.

그런데 이놈들은 그게 아니다.

일단 거기서는 조용히 간다.

하지만 그다음 날부터 온갖 민원을 넣으면서 해당 경찰을 괴롭힌다고 한다.

"어제도 어쩔 수 없이 경찰이 데리고 갔는데 아니나 다를까."

"응?"

"경찰이 끌고 가는 과정에서 구타했다 고발했다더라."

"뭔 소리야?"

"경찰차에 태우는 과정에서 자기를 구타했다고 고발했대."

"얼씨구, 그건 또 어떻게 알았냐?"

"오늘 아침에 CCTV 확인하러 다른 경찰들이 왔다 갔다."

노형진은 혀를 끌끌 찼다.

그리고 그 상대방이 어떤 타입인지 알았다.

"프로 불편러시구먼?"

"프로 뭐? 그걸로 먹고산다고?"

"그걸로 먹고살아서 프로가 아니라, 거기에 자꾸 매달리는 걸 비꼬아서 하는 말이야."

"그래? 그런데 그런 게 있어?"

"이거 일종의 정신병인데."

"정신병?"

"그래, 전에도 한번 본 적이 있거든. 정신병이라고 해서 뭐 막 정신분열증 같은 건 아니야."

심각하게 자존감이 낮은 경우, 자신의 자존감을 높이기 위해 사람은 여러 가지 반응을 보이기 마련이다.

"그중 하나가 자신에게 제대로 저항하지 못하는 사람들을 대상으로 이루어지는 괴롭힘이지."

서비스 업종의 경우 손님에게 저항하는 게 사실상 불가능에 가깝다. 특히나 경찰의 경우는 더더욱 그렇다.

노형진이 일하지 않는 경찰을 싫어하고 혐오하지만, 현실적으로 때로는 일하고 싶지만 일할 수가 없는 경우도 종종 있다.

"이런 경우가 딱 그래. 뭐 하나만 걸리면 물어뜯으면서 난리법석을 떨거든."

상대방을 괴롭히고 상대방이 고개를 숙이는 것을 보면서 자신이 대단한 사람이라고 일종의 안위를 얻는 거다.

"이런 정신병 같은 경우는 어떻게 해결책이 없는데."

차라리 업무방해만 하면 그걸 해결하는 건 어렵지 않다.

그런데 상대방의 행동 패턴을 보면 상당히 똑똑하게 행동하고 있다.

"아마도 아침에 촬영한 영상에는 제대로 찍힌 거 없지?"

"없지."

"그럴 거야."

상대방은 똑똑하다.

그런데 그 똑똑하다는 게 사회생활을 잘한다는 것과는 좀 다르다.

아니, 똑똑하기 때문에 사회생활을 못하는 경우도 종종 있다.

자신에 대한 확신이 너무 강하달까?

"뭐, 미친놈이 미친 데 이유가 있겠냐마는, 이런 극렬 진상의 기본에는 열등감이 깔려 있으니까 아마도 백수 같은 거 아닐까?"

"아, 염병할 그 연놈들을 어쩌냐?"

"아 그러고 보니 너, '놈들'이라고 했지?"

오늘 일을 저지른 건 남자 한 명이지만 분명 조상필은 진상을 놈들이라고 복수로 표현했다.

"그래, 한 명 더 있다. 그쪽은 여자야. 오늘은 안 왔지만."

"그쪽도 고기 들고 와서 구워 먹고 그래?"

"그 정도는 아니지만 그쪽도 만만찮은 진상이다."

"어느 정도냐?"

"와서 구워서 대령하라는 건 기본이다."

"헐?"

그것도 그냥 다른 테이블 서빙하다가 짬짬이 와서 구워 달라는 게 아니다.

테이블 옆에 딱 붙어서 자기만을 위해 고기를 구워 달라고 한다.

"더군다나 고기가 조금만 더 익어도 태웠다고 지랄하면서 새걸로 바꿔 달라고 한다."

"뭔 말도 안 되는 소리야?"

고기가 완벽하게 익는다는 건 불가능에 가깝다.

특히나 한국처럼 불판에 계속 고기를 올려 두는 식이면 어쩔 수 없이 과도하게 익는 경우가 분명 존재한다.

"그러면 접시를 따로 주든가!"

거기에다 다 익은 고기를 올려 두면 되는 일 아닌가?

"그러면 식어서 맛없대."

"데우면 되잖아? 불을 빼는 것도 아니고."

"그러면 너무 많이 익는대."

"얼씨구?"

"더군다나 직원 복장 가지고도 얼마나 지랄하는지 아냐?"

"직원 복장?"

"그래. 아니, 우리 가게에서 일하는 사람들이 뭘 입든 그건 자기 마음이잖아?"

"너희 가게 유니폼이잖아."

"원래 아니었어. 그 여자 때문에 유니폼을 만든 거다."

보통 이런 식당에서 알바하는 사람들 중에는 대학생이 많다.

학비라도 벌어 볼 생각에 일하는 것이다.

"그런데 여자 알바가 티셔츠를 입고 오면 가슴이 도드라져서 불편하다고 하고 남자 알바가 남방을 입고 오면 촌스러워서 불편하다고 하고. 난리다, 난리."

"그럼 유니폼 이후에는 안 그러겠네?"

"안 그러기는 개뿔. 애들 액세서리까지 뭐라 하더라. 그 여자 알바가 매니큐어를 칠한 거 보고 위생 교육 안 시키냐고 지랄하더라. 아니, 요리하는 것도 아니고 서빙하는 애 매니큐어 가지고 뭐라 할 거 있냐? 남자 알바는 커플링 하고 왔다고 뭐라고 하더니까. 내가 이제 알바 연애사까지 확인해서 뽑아야겠냐?"

노형진은 고개를 흔들었다.

이건 대놓고 트집 잡아서 스트레스를 풀러 오는 거다.

"그러면 나이 먹은 사람을 붙여 주는 건 어때? 그래도 경우가 있으면 어른한테는 지랄 못 하잖아."

"안 해 봤겠냐? 아줌마가 서빙 보게 하니까 나이 먹은 사람을 부려 먹는 것 같아서 불편하다고 하더라."

"안 불편한 게 없네."

노형진은 혀를 끌끌 찼다.

하긴, 식당 하는 사람들이 공통적으로 하는 말이 그거다.

진상만 좀 없으면 살 만하겠다고.

"뭐, 그건 어렵지 않게 해결할 수 있을 것 같다."

"어렵지 않다고?"

"그래. 다만 남자 쪽이 머리 쓰면서 수작질하는 거 보니까 좀 복잡할 것 같기는 한데……."

노형진은 혀를 끌끌 차면서 말했다.

"일단은 처리해 보자고. 닥쳐 보면 알겠지."

그리고 효과가 좋으면 노형진은 그 방법을 새론에 도입할 생각이었다.

"백수라…… . 허, 진상 짓에 머리 쓴다 했더니 진짜 어이 없네."

그 진상의 이름은 장진범이었다.

그리고 알아본 결과 일단 아주아주 똑똑한 인간이었다.

"꼴에 멘사 회원이네?"

"멘사? 아니, 멘사 회원 자격까지 딴 놈이 뭐 이딴 짓을 하고 다니냐?"

"멘사라는 건 머리가 좋다는 걸 의미하지, 인성이 좋다는 걸 의미하지는 않거든. 그런데 사람들은 멘사라고 하면 인성도 좋을 거라고 생각하더라."

상위 2%인 멘사의 회원 장진범은 온 동네에서 유명한 진상이었다.

"아니, 그 좋은 머리를 두고 왜 진상 짓이나 하고 다녀?"

"전에 말했잖아, 이런 타입은 자기 잘난 맛에 살다가 미친 놈들이라고."

나이가 스물여덟 살이다.

그런데 멘사 회원이 열여섯 살에 되었다.

진짜 머리가 좋은 놈이라는 거다.

"좋은 머리 가지고 미친다고? 뭐, 천재는 미치기 쉽다 그런 거야?"

"그런 거랑은 좀 달라."

천재가 미치기 쉽다는 건 아는 게 많고 현실과 이상의 괴리 때문에 그리되기 쉽다는 거지, 진짜 천재라고 해서 미치는 건 아니다.

"음, 교육이 잘못되었다고 봐야 할걸."

"교육?"

"그래. 사실 멘사라는 게 아이큐를 기준으로 하는 거거든."

결국 멘사 회원이라고 해도 다른 사람보다 좀 더 똑똑하다는 뜻일 뿐 그가 진짜 천재라는 뜻은 아니다.

물론 멘사의 회원들이 아이큐가 높은 건 사실이다.

하지만 그렇다고 해서 절대음감이라거나 수학의 천재라서 문제를 보고 풀이 과정을 생략한 채 답이 바로 나오는 식은 아니다.

"그런데 한국에서는 멘사라고 하면 대단한 줄 알아."

조금 더 똑똑한 것은 사실이지만 그들도 일반인의 범주일 뿐이다.

진짜 천재의 클래스로 들어가면 멘사는 의미가 없다.

"미국에 가면 수백억 연봉을 받는 미식축구 선수면서 의사면서 미항공우주국 우주인 같은 괴물도 있다."

"헐, 미친."

"하여간 중요한 건, 한국에서는 멘사가 일종의 우월성 자격 증명쯤 된다는 거지."

사실 현실적으로 멘사 회원이라고 해서 뭐든 패스되는 건
아니다.

똑같이 시험을 보고 똑같이 사회생활을 한다.

"그런데 문제는 거기서 발생해. 그게 남들보다 우월하다
는 증거라고 받아들이는 사람들이 있거든."

남들보다 머리가 더 좋은 건 사실이지만 그건 공부할 때나
그런 거지, 그가 태생적으로 남들보다 더 우월하다는 말은
아니다.

그런데 그렇게 받아들이는 놈들이 꼭 있다.

특히나 부모가 그런 경우라면 애 인생은 확실하게 망가진
다.

"아! 매드 사이언티스트?"

"그건 또 뭐야?"

"넌 진짜 예나 지금이나 그쪽으로 관심 없구나. 만화에서
보면, 그런 과학자들이 인류를 발전시킨다고 하면서 윤리적
문제를 무시하거나 법보다 자기가 우월하다고 생각하잖아?"

"어, 일단 안 보기는 했지만 패턴은 비슷하네."

매드 사이언티스트.

자신이 다른 인간들보다 훨씬 우월하다고 생각하는 미친
과학자.

정상적인 천재라면 자신에게 이득이 되는 쪽을 고름과 동

시에 다른 사람들에게도 이득이 되는 쪽으로 발전하려고 한다.

가령 신약을 개발함으로써 자신도 돈을 벌고 병도 정복하는 그런 것 말이다.

"확실히, 그런 사람들은 그렇게 행동하지."

고개를 끄덕거리는 노형진.

자신이 남보다 우월하니까 다른 사람들은 자기 말에 따라야 한다, 다른 사람들은 자기보다 미개하다, 그런 생각을 가진 인간들이 많다.

"일단 이놈은 과학자도 아니지만."

노형진은 머리를 긁적거렸다.

"이 성격으로 과학자가 되겠냐?"

머리만 좋으면 얼마든지 과학자가 될 수 있다고 생각하는 사람들이 많다.

하지만 현실적으로 그건 불가능하다.

심지어 해외에서도 불가능하다.

그럴 수밖에 없다. 머리가 아무리 좋아도 이쪽은 개인이고 저쪽은 집단 지성이기 때문이다.

일단 과학자라고 불릴 만한 사람은 박사 학위는 따야 한다.

그런데 박사 학위를 따기 위해서는 교수와 함께 연구하고 논문을 인정받아야 한다.

"그런데 어떤 교수가 자기를 무시하는 제자를 인정하냐?"

기록에 따르면 장진범은 박사 학위를 따지 못했다.

어떻게 석사까지는 따는 데에는 성공했는데 박사 단계에서 담당 교수를 철저하게 무시하는 행동을 했다고 한다.

"심지어 박사가 서승필이야."

"서승필이 누군데?"

"원래 하버드에 있다가 한국에 들어온 양자물리학 박사."

장진범은 멘사 회원이지만 서승필은 멘사 회원이 아니다.

사실 서승필 박사 입장에서는 멘사는 애들 장난이다.

그 자격을 딴다고 좋을 것도 없을뿐더러 따는 것 자체가 너무나도 당연한 거라서, 그걸 따려고 준비하는 시간에 연구를 더 하는 게 낫다.

"그런데 장진범이, 서승필이 멘사 회원이 아니라고 무시했다네."

"헐! 미친 거 아냐?"

서승필은 그런 행동에 어이없었지만 그래도 최대한 도와준 모양이었다.

하지만 장진범은 결국 그를 무시하면서 자기 마음대로 논문을 만들었다.

"그리고 개까였지."

논문은 뇌피셜을 지껄이는 게 아니다.

기존 학문에서 발전한 뭔가를 내밀든가 기존 학문을 뒤집을 뭔가를 증거와 함께 내밀어야 한다.

그런데 장진범은 어느 쪽도 아니었다.

기존 학문을 뒤집는 논문을 내놓으면서도 그와 관련된 증거는 제출하지 못했다.

결국 학회에서 말도 안 된다고 완전히 까여 버렸고, 그 이후에 장진범은 박사 학위를 포기한 것으로 되어 있다.

"전형적인 몰락하는 천재야."

남들은 멍청해서 자기의 천재성을 모른다고 지껄이면서 바닥으로 처박힌 장진범.

하다못해 일반인으로라도 살아야 하는데, 이미 머릿속에는 자신이 남들보다 우월하다는 생각이 박혀 있었다.

"부모가 제대로 교육을 못한 잘못이 크네."

결국 취업도 못하고 백수가 된 장진범은 사회생활이라고는 해 본 적도 없는 사회적 멍청이가 되어 버렸다.

"그리고 그런 경우 알게 모르게 열등감이 폭발하는 거지."

자신이 남보다 우월하다.

그런데 남들은 성공하고 자리 잡아서 살아가는데 자신은 인생의 패배자가 되어 간다.

"그걸 인정하기는 싫고……."

그렇다 보니 정상적인 생활을 하는 사람들에 대한 분노를 품게 된다.

그리고 그들 중 저항할 수 없는 사람을 타깃으로 해서 그

지랄맞은 성질을 푼다.

"사실 진상 중에는 그런 인간들이 많아."

자신이 남들보다 우월하다고 생각하는데 현실은 그게 아니니까 남을 괴롭히는 걸로 그 울분을 푸는 것이다.

"너 같은 경우는 그래도 제법 가게 크기가 있으니까……."

조상필의 가게는 족히 80평은 된다. 일반적인 곱창집치고는 상당히 큰 규모다.

"그러니까 빡쳐서 나 같은 소상공인을 괴롭히는 걸로 푼다는 거야?"

"그런 거지."

"아, 씁."

조상필은 어이가 없어서 눈을 찌푸렸다.

"그러면 이거 어쩌냐? 이 새끼 쫓아낼 방법 없냐? 또 와서 지랄하면 나 진짜 가게고 뭐고 때려치우고 후려칠 것 같은데."

"일단은 이 일의 근본이 되어 버린 장진범의 부모를 만나 봐야 하는데……."

노형진은 입맛을 쩝쩝 다셨다.

"아무래도 그 사람들이랑 이야기가 잘될 것 같지가 않다."

노형진은 장진범의 부모들을 만나서 상황을 설명하고 장진범에게 정신과 치료를 받게 하려고 했다.

하지만 그들의 행동은 노형진의 예상에서 한 치도 벗어나지 않았다.

"우리 아들이 미쳤다고? 너야말로 미친 거 아냐?"
"어디 무식한 놈이 우리 아들을 음해해? 우리 아들이 누군
지 알아? 우리 아들, 멘사 회원이야, 멘사 회원! 알아? 너 멘
사가 뭔지는 알아? 전 세계에서 상위 2%에 들어가는 천재라
고!"
"어디 멍청한 새끼가 와서 지랄이야!"

아니나 다를까, 그들은 아들이 멘사 회원이라는 것 하나만
으로 멀쩡하다고 주장하면서 주변 사람들을 철저하게 무시
하고 있었다.
'이러니 애가 망가지지.'
어려서부터 넌 다른 사람들보다 우월하다고 교육받은 인
간이 커서 어떤 인간이 되겠는가?
당장 똑같은 재벌가여도 누구는 인간 망종이 되고 누구는
모범적인 경영인이 되는 게 바로 그런 교육의 차이다.
우월하다고 교육받은 사람들은 자신이 법보다 위에 있다
고 생각하면서 인간 망종이 되는 거고, 책임과 의무를 교육
받은 사람들은 제대로 된 경영인이 된다.
"역시나 이렇게 되는구면."
노형진은 온갖 욕을 먹고 그의 집에 나오면서 피식 웃었

다.

가능하면 웃으며 해결하고 사과를 받는 선에서 끝내려고
했다.

하지만 부모부터 이 지경이면, 그 인간이 제대로 된 사과
를 하거나 공격을 멈출 가능성은 없다.

"와, 진짜 인간이 어떻게 애를 저렇게 키우지?"

"아마 일반인 입장에서는 이해를 못 하겠지."

단순히 욕하는 정도를 떠나서 자신들에게 물을 뿌린 장진
범의 부모. 그들의 머릿속에는 자신의 아들이 우월하다는 생
각이 아주 깊이 뿌리박혀 있었다.

"도대체 뭐가 문제인 거야? 우리가 장진범을 무식하다고
했어, 뭐라고 했어?"

지능에 관련된 이야기는 하지도 않았다. 단순히 장진범의
그러한 진상 행위가 불법에 가깝고 피해자들이 많이 발생하
고 있으니 말려 달라고 한 것뿐이다.

"저것도 잘못된 우월감인 거지."

"뭔 개소리야? 아니, 여기서 우월감이 왜 나와?"

조상필은 머리에 묻은 물을 털어 내면서 말도 안 된다는
듯 물었다.

"지능은 상당 부분 부모의 유전적 영향을 받거든."

"그거랑 진상이랑 뭔 상관인데?"

"장진범이 똑똑하다는 건 즉 저들에게는 자기들이 유전적

으로 우월하다는 하나의 증명인 거야."

"뭔 개 같은 증명이야, 그게?"

"개 같은 증명이지만 저들은 그렇게 생각하지 않아."

자신의 아들이 천재다.

그러니 그 유전자를 준 자신들도 천재다.

즉, 자신들은 다른 인간보다 우월하다.

그게 그들의 생각의 패턴이다.

"그런 인간들이니 제대로 된 판단 능력이 붙어 있겠냐?"

"그러면 어쩌지? 저거 말로는 멈추지 않을 것 같은데."

"당연한 거 아냐?"

노형진은 손수건을 꺼내 머리에 묻어 있는 물을 닦아 내며
말했다.

"싸우고 싶다는데 싸워 줘야지, 후후후."

미쳐 날뛰고 있습니다

　노형진은 일단 그 여자 진상에 대한 부분부터 해결해 보기
로 했다.

　장진범과 다르게 그녀는 경찰이 출동한 기록은 없기에 이
름을 알아내지는 못했지만 그녀를 추적하는 건 어려운 일이
아니었다.

　"저 여자도 주변 가게 블랙리스트야?"

　"당연한 걸 왜 묻냐? 저기 주인 표정 보면 모르냐?"

　툴툴거리는 조상필.

　실제로 조상필의 가게 주변에 있는 고깃집 주인은 똥 씹은
얼굴로 여자의 테이블을 바라보고 있었다.

　테이블 옆에는 여자애 한 명이 붙어서 고기를 구워 주고

있었다.

"아이고, 결국 딸내미가 처리하네."

"딸이야?"

"알바들이 안 하려고 하니까."

옆에 딱 붙어서 거의 떠먹이는 수준으로 고기를 구워 주는 걸 보면서 노형진은 혀를 끌끌 찼다.

그러는 사이에 한참 먹던 여자가 갑자기 불편한 표정으로 사장에게 손짓을 했고, 사장이 다가가자 뭐라고 지랄하는 게 보였다.

사장은 잠자코 듣다가 곧 딸을 데리고 어디론가 향했다.

"뭐라고 한 거야?"

"그러게. 가서 물어볼까?"

"그래, 물어봐."

조상필은 잠깐 그쪽으로 가서 이야기를 듣는 듯하더니 혀를 끌끌 차면서 돌아왔다.

"애가 땀을 너무 흘린다고, 땀 흘리면서 구운 고기를 어떻게 먹느냐고 고기를 새로 가지고 오랬단다."

"아니, 고기에 땀이 떨어진 것도 아니잖아."

"떨어졌을 수도 있다 이거지."

"진짜 진상이다, 진상."

노형진은 혀를 끌끌 찼다.

"돌아가면서 가게마다 저 지랄이니까 당연히 다들 싫어하지."

"뭐, 상관없지."

노형진은 어깨를 으쓱했다.

"어떤 문제든 하루면 해결할 수 있어."

"그러니까 어떻게? 우리도 해결하려고 얼마나 노력했는데."

"인간이 아닌데 인간으로 대해 주니까 안되는 거야."

노형진은 씩 웃으며 말했다.

"그러면 때리기라도 하라는 거야?"

"아니. 역시사지를 보여 주는 거지."

"역지사지?"

"그래, 음…… 이틀 정도만 기다려."

노형진은 히죽 웃으며 말했다.

"인간에게는 원래 역지사지가 가장 잘 먹히는 법이지, 후후후."

⚖️

이틀 뒤 조상필은 주변 상인들을 아침부터 모아 두고 있었다.

보통은 대부분 쉴 시간이다.

그래야 밤에 장사할 수 있으니까.

하지만 진상 하나를 확실하게 해결해 준다는 말에 피곤한 몸을 이끌고 다들 나와서 노형진을 기다리고 있었다.

"얼씨구, 이건 뭐야?"

그런데 그런 사람들에게 다가오는 커다란 버스.

아무리 봐도 전세 버스였다.

"진상을 해결하는 가장 좋은 방법이지."

"버스가?"

"타고 가 보면 알아."

노형진은 히죽 웃으면서 말했다.

다들 어리둥절한 표정을 지으면서도 버스에 탔다.

그리고 대략 40분쯤 이동하던 버스는 어느 백화점으로 들어갔다.

"백화점에는 왜?"

"말했잖아, 역지사지. 인간은 역시 지랄을 당해 봐야 자기 일인 줄 안다고."

노형진이 히죽 웃으며 말했다.

"인간이 왜 진상을 부리는 줄 알아? 상대방이 자기한테 보복을 못 한다는 걸 알기 때문이야. 결국 자기한테 보복이 들어온다는 걸 알면 누구도 그렇게 진상을 못 부려."

노형진은 웃으면서 안쪽으로 앞장서서 들어갔다.

그리고 잠시 후 손으로 매장 하나를 가리켰다.

"오늘의 추천 매장은 여기입니다. 짜란!"

노형진은 '짜란!'이라고 했지만, 사람들이 잔뜩 몰려오자

나와 있던 직원 중 한 명은 얼굴이 사색이 되었다.

"허억!"

숨넘어가는 소리를 하면서 창백한 얼굴로 주춤주춤 물러나는 여자.

"저 여자는?"

"역지사지, 후후후."

일반적으로 그런 사람들이 고의로 진상을 부리는 이유는 자신의 스트레스를 풀기 위해서다.

'이건 우리 새론에서 써먹어도 되겠어.'

많이 줄어들긴 했지만 여전히 많은 진상이 있다.

하지만 대부분의 경우는 진상이 어디서 무슨 일을 하는지 피해자들이 알지 못하기 때문에 대응하지 못한다.

"이런 말이 있지, 나가면 손님이라고."

"나가면 손님?"

"그래. 진짜로 있었던 일이야."

어떤 회사에서 압박 면접이라고 하면서 입사 예정자들에게 온갖 폭언과 모욕을 한 적이 있다.

하지만 그건 그 면접관들이 멍청했던 거다.

애초에 압박 면접이라는 것은 대상의 업무 스트레스에 대한 대응을 보기 위한 방법이다.

쉽게 말해서 일반적인 직원이 대답할 수 없는 질문을 던짐으로써 그 해결책을 내놓게 하고 그 과정에서 스트레스를 어떻게 이겨 내는지가 관건이다.

'가령 뉴욕시에 있는 쥐의 수를 구하라.'부터 '그 쥐를 박멸할 수 있는 현실적인 방법을 강구하라.'같이 불가능한 업무를 부여했을 때 그에 대한 창의적 해결책을 요구하는 게 압박 면접이다.

"그런데 한국에는 그게 잘못 전해졌지. 뭐, 한국에 잘못 전해진 게 한두 개가 아니긴 하지만."

'업무적 스트레스'에서 업무적이라는 부분은 스윽 빠지고 스트레스란 부분만 남아서, '압박 면접=취업 예비자에 대한 인격 모독'이라는 방식이 되어 버렸다.

그렇다 보니 압박 면접을 한다고 하는 곳에 가면 창의적 문제에 대한 압박이 아니라 온갖 짐승 새끼에 관련된 말은 다 나오고 부모님의 안부부터 일단 경찰을 불러다가 감옥에 넣고 대화를 시작해야 할 만한 성희롱까지, 압박이 아니라 온갖 갑질이 만연한 게 현실이다.

"그때 한 직원이 나가면서 한 말이 있지. 여기서는 내가 당신들에게 면접을 보고 있는 거지만 내가 나가서 손님이 되는 순간 당신들이 내게 면접을 보는 거다."

그리고 뒤도 돌아보지 않고 나가 버렸다고 말이다.

"실제로 그 사람이 완벽한 안티로 돌아서서 사사건건 고발하고 모욕하고 난리도 아니었어. 그 당시 면접을 봤던 면접관들은 모욕죄로 처벌받았고."

이것이 법이다

노형진은 씩 웃으며 말했다.

"그건 진상도 마찬가지거든."

식당에서는 진상녀가 손님이지만 여기서는 그들이 손님이다.

"저 신발이 무척이나 비싸 보이네?"

만지작거리면서 웃는 노형진.

물론 그 진상녀 입장에서는 당혹스러울 수밖에 없다.

"손님, 저기, 그걸 그렇게 막 만지시면……."

"만지면 뭐?"

"저기, 때가 타면……."

"때가 탄다고? 내가 그렇게 더럽게 보여? 지금 손님 무시하는 거야? 무슨 직원 응대가 이따위야? 사장 나오라고 해!"

노형진이 나서서 진상을 부리기 시작하자 멍하니 그걸 바라보고 있는 식당 사장들.

그 진상을 부리던 여직원은 어쩔 줄 몰라 했다.

여기서 빌자니 자신이 갑질 하던 사람들이 눈앞에 있어서 자존심이 상하고, 안 빌자니 노형진이 흔드는 블랙 카드가 무섭다.

"내가 거지야? 어! 거지냐고!"

"죄, 죄송합니다."

"내가 너 따위에게 죄송하다는 말 듣는 걸로 끝내야겠어? 사장 나오라고 해! 누가 여기 매장 매니저 부르래? 여기 백화점 사장 부르라고! 백화점 사장!"

지랄 지랄을 하는 노형진에 찔끔한 여자를 바들바들 떨었고, 결국 보다 못한 매니저가 몇 번이나 고개를 숙이고 나서야 노형진은 슬쩍 거기서 빠졌다.

"좋았어. 가자."

"끝?"

"너 같으면 앞으로 너희 가게에 가겠냐?"

"어…… 안 가겠지?"

이미 진상을 부리던 사장들 앞에서 있는 대로 창피를 당했다.

창피해서라도 가지 못하는 게 정상이다.

"더군다나 현실적으로 말이야, 가게 사장들이 자기가 일하는 곳을 알아냈어. 그런데 다음에 또 가서 진상을 부리면 어떻게 될 것 같냐?"

"무슨 뜻인지 알겠네."

그쪽 가게에서 진상을 부리면 사장들도 역으로 그녀가 일하는 이 매장에 와서 진상을 부릴 수 있게 된다.

그동안 그래 왔듯 자신이 완벽하게 안전한 포지션에 선 채 진상을 부리지 못하게 된다는 것이다.

"역지사지의 완결판 같은 거지."

그녀는 다시는 자신이 진상 부리던 가게에 못 간다.

만일 그랬다가는 회사 생활이 고달파질 뿐만 아니라 재수 없으면 잘릴 수도 있다.

이것이 법이다

백화점 같은 곳은 구설수가 있는 직원을 오래 데리고 있으려 하지 않으니까.

"보통 식당 주인들은 진상이 오는 걸 쫓아내지 못하지. 자기 가게도 바쁘니까."

하지만 이제는 그게 아니라 새론에서 찾아 주면 된다.

물론 그에 따른 비용이 들겠지만 말이다.

"한 30만 원 정도면 충분히 일하는 곳을 찾아낼 수 있어."

그냥 퇴근하는 길을 미행하면 되니까.

"어…… 그거 불법 아니야?"

"사람들이 잘 모르는데, 그거 불법 아니야."

"불법이 아니라고? 하지만 흥신소는 불법이라고 때려잡던데."

"그 애들은 장비를 쓰니까."

만일 위치 추적 장치 같은 걸 쓰는 경우, 해당 행동은 위치 정보법이나 신용 정보의 이용 및 보호에 관한 법률에 의해 불법행위가 된다.

"하지만 인적 추적은 불법이 아니지."

순수하게 사람이 다른 사람을 따라다니는 것에 대해서는 일단 처벌 규정이 없다.

더군다나 그런 행위를 하는 사람을 잡고 싶다고 해도, 그걸 증명하기 위해서는 역으로 그 추적자를 감시하면서 증명해야 한다.

"단 하루 따라다니면서 직장을 알아내는 건 증명하는 것 자체가 불가능하지."

며칠간 추적한 것도 아니고 단 하루 직장을 알아내기 위해 따라다니는데 그걸 어떻게 증명할 것인가?

"그리고 말이야, 따라다니는 걸 안다고 쳐 봐. 그래서 어쩔 거야? 출근하지 않을 거야? 그걸 사장이 인정해 줄까?"

"역으로 당하는 거네."

"정확해."

물론 불안해서 출근하지 않을 수도 있다.

"그리고 한번 그렇게 역습당한 사람이라면 다시 진상을 부리게 될까?"

"무슨 뜻인지 알겠다."

사람이 붙어서 자신의 직장을 확인할 거라는 두려움이 생기면 누구도 다른 곳에 가서 진상은 못 부린다.

물론 자신이 당당한 경우, 즉 가게 쪽에서 잘못한 게 확실한 경우라면 모를까.

"아마 저 여자는 오늘 이후에 그쪽 가게들에 오지 않을 거다, 절대."

"좀 웃기네."

그 여자에게 당한 게 거의 6개월이다.

하지만 대응책이 없어서 그냥 두고 봐야 했다.

그런데 단 하루, 아니, 자기들의 시간만 계산하면 반나절

만에 문제가 해결되었다.

"괜찮을 것 같아. 복수재단에서 해도 될 것 같고."

그렇잖아도 복수재단에서 진상에 대한 해결책을 문의하고 있었다.

사장만 미친놈이 있는 게 아니라 손님도 미친놈이 있기 때문이다.

"이제 저런 여자들은 해결하는 게 쉬울 거야."

한번 대응해 주는 곳이 생기면 진상을 쫓기 위해 연락하는 곳은 많을 것이다.

"다만 문제는 장진범이지."

장진범은 직장인도 아니고 가족들도 정상이 아니다.

만일 정상적인 가족이라면 장진범을 그냥 그렇게 둘 리가 없다.

장진범이 멘사라는 허울에 가려져 있는 건 그들이 그를 그렇게 가르쳤기 때문이다.

"그러니까 장진범에게는 이 방법이 통하지 않아. 가족들이 정신 차려서 장진범을 막을 리도 없고."

애초에 애한테 네가 남들보다 더 우월하다고 가르치는 집안에서 성인이 된 아들을 이제 와 제대로 교육하기를 바라는 것은 너무 큰 기대다.

"일단 직장이 없으니 이렇게 직장을 찾아가 정신적 압박을 주는 방법도 소용없고."

"그러면 어쩌나? 그 '진상을 만나다'라는 곳에 제보해 볼까?"

확실히 그것도 방법이기는 하다.

거기에 출연한 진상들은 창피해서라도 똑같은 짓을 못 하니까.

특히나 저렇게 자기가 우월해서 법과 사회적 규칙을 위반해도 된다고 생각하는 놈이라면 아마 가루가 되도록 까일 게 뻔하다.

"글쎄다. 그것도 방법이기는 하지만 그 출연자 명단에 오르려면 3개월은 기다려야 할걸."

"네가 그걸 어떻게 알아?"

"애초에 그 프로그램을 만들라고 한 게 나야."

"아……."

"진상 신고 기록이 아주 넘쳐 난다, 넘쳐 나."

물론 저 정도면 충분히 출연할 만하지만 노형진은 그렇게 시간을 길게 끌고 싶은 생각이 없었다.

애초에 '진상을 만나다'라는 프로그램은 일주일에 1회 방송이 기본이고 1년 내내 방송해 봐야 쉰두 명이 다다.

문제는 한국의 진상은 그것보다 훨씬 더 많다는 거다.

거기에다 손님형 진상만 있는 게 아니다.

건물주가 진상인 경우도 있고, 심지어 사람들이 약자라고 생각하는 세입자가 진상인 경우도 있다.

"그리고 이런 타입은 방송에서 때려 봐야 그다지 타격 안 입는다."

"어째서?"

"애초에 자신이 남들보다 우월하다고 생각해. 그런데 그런 놈이 남들이 하는 말을 듣겠냐?"

"으음?"

"너 정치인들이 국민들의 말을 듣는 거 봤어?"

"아, 씨발. 너무 화끈한 예시를 드니까 너무 확실하게 알겠잖아. 뭔 놈의 예시가 이렇게 아프냐?"

"변호사쯤 되면 예시도 팩트 폭력을 할 줄 알아야 해."

"씨발. 뼈 때린다, 뼈 때려."

정치인들은 매일같이 욕을 먹는다.

심지어 일부 정치인들은 대놓고 친일을 하거나 불법을 저질러서 욕을 먹지만, 그들은 전혀 신경 쓰지 않는다.

그들의 머릿속에는 자신들이 다른 사람들보다 우월하며 하등한 국민이 하는 말 따위는 아무런 의미도 없다는 생각이 확고하기 때문이다.

"그럴 때는 집단 지성의 힘을 빌리는 거지."

"집단 지성?"

노형진은 씩 웃었다.

"이런 말이 있지, 다굴에는 장사 없다."

"다굴? 설마 진짜로 패자는 거야?"

"아니."

노형진은 고개를 흔들었다.

"그가 똑똑하다고 생각하는 부분을 우리 역시 쓸 수 있다는 걸 보여 주는 거지. 피가 마를 때까지 말이야, 후후후."

그렇게 말하는 노형진의 머릿속에 좋은 생각이 스치고 지나갔다.

"그러기 위해서는 말이야, 일단 고용부터 안정되어야 할 것 같은데."

노형진의 말에 조상필은 뭔 개소리냐는 표정으로 바라볼 수밖에 없었다.

⚖️

장진범은 자신이 다른 인간들보다 훨씬 우월하다고 생각했다. 그래서 다른 자들이 자신보다 잘나가는 걸 가만 두고 볼 수가 없었다.

자신이 누구인가? 멘사 회원이다.

그런 자신이 저런 멍청이들과 비교된다는 게 스스로 불만이었다.

그래서 장진범은 그동안 그들을 괴롭히는 것으로 스트레스를 풀어 왔다.

하지만 상황이 좀 이상하게 돌아가기 시작한 건 한순간이었다.

"장진범 씨?"

"뭡니까?"

장진범은 눈을 찌푸리면서 경찰을 바라보았다.

그도 그 경찰이 누군지 안다. 얼마 전에 자신이 폭행을 이유로 신고한 놈이니까.

"아직도 정신 못 차렸어요? 왜, 접근 금지 명령이라도 받아 드려요?"

경찰의 얼굴이 확 붉어졌다.

하긴, 그렇고 해서 장진범에게 원한이 없지는 않을 것이다.

정상참작의 여지가 있다지만 본인 스스로가 일단 장진범을 현행범으로 체포해야 하는 상황에서 체포하지 않은 것은 사실이니까.

"당신에 대해 신고가 들어왔습니다. 같이 가시죠."

"신고? 무슨 신고? 누가 또 업무방해로 넣었습니까?"

코웃음을 치는 장진범.

손님이 된 이상 업무방해로 넣기에는 상당히 애매한 문제가 된다.

일단 손님이 클레임을 거는 것은 당연한 권리이기 때문이다.

그걸 알아서 그런가, 경찰은 딱히 강제로 체포하려고 하지는 않았다.

"일단 같이 가시죠. 가시면 알려 드리겠습니다."

"당장 말 안 해요? 내가 또 한 번 지랄해 볼까요? 당신 이름 뭐야? 뭐냐고!"

당연히 그 경찰의 이름은 안다.

하지만 장진범은 그를 압박하기 위해 이름을 밝히라고 요구하면서 언성을 높였다.

그러자 경찰은 입을 다물었다.

"여기서 고지하기에는 좋지 않은 죄목입니다. 일단 같이 가시죠."

"누구 마음대로 연행이야, 연행이! 아이고, 사람들! 여기 경찰이 강제로 민간인을 끌고 갑니다!"

소리소리 지르면서 경찰을 압박하는 장진범.

당연히 사람들은 관심을 가지고 주변으로 모여들었다.

"무슨 일이야?"

"경찰인데?"

"저거 장진범 아니야?"

"저거 왜 저래?"

웅성거리는 사람들.

"이러지 마십시오. 죄를 대중에 공개하는 건 심각한 문제입니다."

"아이고, 사람들! 경찰이 민간인을 납치합니다! 도와주세요!"

더 창피를 주기 위해 사람들을 부르는 장진범.

'이렇게 되는 건가?'

경찰은 그렇게 소리를 지르는 장진범을 보면서 입술을 깨물었다.

사실 이렇게 될 거라고 노형진 변호사라는 사람이 이야기하기는 했다.

'뭐, 진짜로 이런 식으로 나와 주면 나야 고맙지.'

그동안 장진범에게 당한 경찰이 그뿐만이 아니다.

어지간한 경찰은 죄다 한 번씩은 고소당한 수준이다.

"내가 뭘 잘못했는데? 어? 뭘 잘못했느냐고!"

"여기서 고지하는 건 장진범 씨의 의견에 따라 하는 겁니다. 그러니 저희는 책임이 없습니다. 동의하십니까?"

"동의한다! 그래, 동의한다고! 어쩔 건데?"

장진범은 피식 웃었다. 별거 아닐 거라는 걸 아니까.

하지만 그다음 순간 그의 얼굴은 새파란 색으로 변했다.

"스물두 건의 성희롱 사건입니다."

"뭐라고?"

"스물두 건의 성희롱 사건입니다. 일단 고발이 들어왔고, 영장이 나오지 않은 건 맞습니다만 시간이 되면 같이 가셔서 진술해 주시지요."

"무슨 개 같은 소리야! 스물두 건의 성희롱이라니!"

"가게에서 일하는 여직원들을 성희롱하셨다고 하더군요."

"누가 그런 말도 안 되는 소리를 해!"

"여직원들요. 그들이 모여서 고소했습니다."

장진범은 입을 다물었다.

"일단은 임의동행입니다만, 같이 가 주시지요."

"성희롱?"

"그렇지. 저 새끼가 그렇지, 뭐."

장진범의 진상 행위는 주변의 주민들에게 유명한 일이었다.

관심이 생겨서 나와 본 것은 사실이나 당연히 심적으로 장진범의 편을 들어 주지는 않았다.

"에이, 망할 놈."

"개 같은 새끼."

도리어 장진범을 욕하면서 떠나는 사람들.

사람들을 이용해서 경찰을 압박하고 창피를 주려던 장진범은 아차 싶었다.

졸지에 사람들 앞에서 죄목이 공개되었고 자신의 인생이 망가지게 생겼으니까.

자신이 성범죄자라고 대로변에서 말했으니 이 주변에 소문이 퍼지는 것은 당연히 순식간이었다.

"누, 누구 마음대로 성추행이야! 난 성추행한 적 없어!"

"성추행이 아니라 성희롱입니다."

장진범의 말을 경찰이 친절하게 고쳐 줬다.

"그리고 피해자들은 이야기가 다르던데요. 한두 명도 아니고."

"내가 무슨……."

"일단 경찰서로 가시죠."

장진범은 주춤주춤 뒤로 물러났다.

자신이 그동안 경찰에게 여러 번 엿을 먹였다.

그런데 성희롱이라니?

"누명이야! 누명이라고! 못 가!"

"동행해 주십시오."

"못 가! 못 간다고! 누가 너 따위랑 간대!"

장진범은 다급하게 휙 몸을 돌려서 도주했다.

그걸 본 경찰은 왠지 속이 시원한 미소를 지었다.

⚖️

"성희롱, 이건 생각도 못 한 부분입니다."

"조상필 씨에게서 들었습니다. 갑질이 쩔었다고요."

"네."

"그런데 듣다 보니 보통 젊은 여자 아르바이트생에게 자기 시중을 들게 하는 경우가 많더군요."

정확하게 말하면 그가 요구하는 기준이 무조건 젊은 사람이었다. 나이 먹은 사람은 부담스럽다면서 말이다.

물론 그냥 갑질 하느라고 한 말이다.

"자신이 우월하다고 생각하는 놈들은 남에 대한 배려가 전혀 없지요."

그리고 그런 놈들의 기본적인 행동 중 하나가 바로 성적인 발언이다.

"그런데 아르바이트생들은 대부분 별말 안 하던데요."

가게 주인들은 그 부분이 놀랍다는 듯 말했다.

가게에서 그 미친놈이 진상 짓 하는 건 알고 있었지만 성희롱 이야기는 들어 본 적도 없으니까.

"여기 여성분들도 계시죠? 식당 내에서 성희롱이 전혀 없던가요?"

"그럴 리가요."

여자 사장들은 고개를 흔들었다.

술에 취하면 성희롱하는 놈들은 널리고 널렸다.

"그런데 왜 신고하지 않으십니까?"

"장사해야지요. 경찰이 들락날락하면 어떻게 장사합니까?"

그 말을 들은 노형진은 다른 남자 사장들을 바라보았다.

"보다시피 가게가 우선이기 때문이지요. 그러면 여자 아르바이트생들은 어떨까요?"

"으음……."

요즘 같은 불경기에 아르바이트 자리를 구하는 것도 쉬운 일이 아니다.

과거에는 아르바이트라는 게 대학생들의 용돈 벌이 정도로 인식되었지만 지금은 다르다.

지금은 아르바이트가 대학생들의 용돈이 아니라 등록금 벌이인 데다가, 과거와 다르게 대학생뿐만 아니라 미취업자나 명퇴된 직장인 등 정장년까지 아르바이트 시장에 뛰어들어서 일자리를 구하는 게 쉽지 않다.

"대부분의 가게에서 직원이 문제를 일으키는 경우 해결책은 하나뿐이지요."

"아…… 하긴 그러네요."

그건 다름 아닌 해고다.

문제를 일으켜서 단골손님을 잃게 되거나 주변에 안 좋은 소문이 도는 걸 방치하느니, 차라리 언제든 대체할 수 있는 아르바이트생을 바꾸는 게 훨씬 이득이니까.

'그리고 한번 문제를 일으킨 아르바이트생은 또 문제를 일으키지.'

가령 이번 사건처럼 성희롱에 대해 강하게 반발하면서 아르바이트생이 경찰을 부르면 어떻게 될까?

당연히 경찰이 출동하고, 주인은 증인으로 출석해야 하고, 손님들은 당혹스러울밖에 없다.

그런데 그 아르바이트생이 다음번에 다시 성희롱을 당하면 그때는 조용히 넘어갈까?

그럴 리가 없다. 당연히 또 고소하고 난리를 친다.

그래서 대부분의 경우 술집에서는 경찰에 신고하는 등 문제를 일으킨 전적이 있는 직원을 쓰지 않는다.

"아르바이트생들은 그걸 알지요. 그래서 대부분은 진상을 만나도 그냥 흐지부지 넘어갑니다."

애초에 술을 파는 식당 등지에서 일하면서 진상과 엮지 않을 가능성은 그다지 높지 않다.

그러니 어쩔 수 없이 대부분은 그저 일진이 사납다고 생각하고 넘어가고 마는 것이다.

"하지만 이 건에 대해서는 절대 해직하거나 불이익을 주지 않겠다고 하면 피해자 입장에서는 당연히 고발을 선택하지요."

여자들이 옛날처럼 못 배우는 시절도 아니고, 양성 평등은 상당히 많은 부분 발전했다.

자신에게 불이익이 올까 봐 입은 다물 수 있겠지만 자신에게 불이익이 오지도 않는데 굳이 고발하지 않을 이유가 없다.

"아, 그래서 사장단 이름으로 여자 알바들에게 이야기한 거구나?"

"그래. 그러면 여자들은 용기를 내거든."

혼자서는 용기를 내는 게 쉽지 않다.

하지만 사장단이 일단 이 문제에 한해서는 절대 불이익을 주지 않겠다고 하는 데다가 사장단 내부에서 여러 여자 아르바이트생들을 묶어 주기 시작하자 이야기가 달라진 것이다.

겁내던 직원들조차도 독하게 마음먹고 고발하기로 했다.

그런데 그 피해자가 무려 스물두 명이었다.

"사람들은 잘 모르는 경우가 많아. 여기서는 내가 갑이지만 나가면 평등하다는 걸."

실제로 인터넷에 그런 일화가 돌았다.

어떤 택배 기사가 배달을 하러 갔는데 식당 주인이 온갖 갑질을 하면서 부려 먹었다는 것이다.

규정상 택배는 입구까지만 배달인데 그 주인은 그걸 안쪽 창고로 옮기게 하고 정리까지 시켰다고 한다.

그러자 택배 기사는 화를 내는 대신에 시킨 일을 다 한 다음, 바로 택배 기사 옷을 벗고 식당 구석에 앉아서 온갖 갑질을 했다고 한다.

일반적으로 택배는 일정 지역을 담당하니, 이번에도 이러면 다음번에도 똑같이 할 게 뻔하니까.

아니나 다를까, 그렇게 당한 이후에 그 식당의 사장은 택배 기사를 무시하지 못했다고 한다.

상대방 역시 상황이 바뀌면 갑질 할 수 있다는 걸 보여 줬으니까.

"과연 지금까지 갑질을 해 온 장진범은 어떤 기분일지 궁금하지 않아? 후후후."

노형진의 말에 조상필은 격하게 고개를 끄덕거렸다.

"진심 궁금하다."

"물론 이건 이제 시작이지만 말이지."

"이게 뭐야?"

장진범은 자신에게 날아온 소환장을 보고 입술이 바짝바짝 말랐다.

그럴 수밖에 없는 게, 경찰에게 들었던 성희롱에 관련된 소환장이 아니었기 때문이다.

이번에는 모욕에 관한 소환장이고, 그 숫자는 무려 서른 명. 남자 직원들과 사장들이 고소한 것이었다.

"이 개 같은 새끼들이."

장진범은 입으로는 욕을 뱉어 내고 있었지만 속으로는 두려웠다.

자신이 우월하다고 머릿속에서 세뇌하고 있었지만 또 한 편으로는 자신은 도태되고 있다는 걸 인지하고 있었으니까.

"아…… 으……."

그는 머리를 부여잡았다.

한 건도 아니고 무려 서른 건이나 되는 숫자가 다 따로 들어왔다.

경찰서도 다르고 당연히 소환 날짜도 다르다.

그러니 자신은 당분간은 경찰서를 끊임없이 돌아야 하는 처지가 된 것이다.

"말도 안 돼! 이건 있을 수 없는 일이야! 어떻게 저렇게 하등한 놈들이!"

갑질 하는 사람들이 그렇다.

대부분의 갑질을 하는 사람들은 일이 커질 거라고 생각하지 않는다.

물론 설사 커진다고 해도 그걸 커버할 수 있는 사람들도 분명 존재한다.

하지만 장진범은 그런 타입이 아니다.

그저 자신에게 저항하지 못하는 소상공인에게 언성을 높이면서 스트레스를 풀어 왔다.

"젠장! 젠장! 내가 언제 모욕을 했다는 거야!"

그는 애써 자신이 저지른 죄를 부정하려고 했다.

하지만 마음 한구석에서는 부정할 수가 없었다.

애초에 갑질이라는 것이 모욕을 기반으로 한다.

정당한 클레임이었다면 주인들이 고쳤으면 되는 거고, 그게 고쳐지지 않는다면 그 가게에 가지 않으면 되는 거다.

하지만 그의 갑질은 상대방을 깔아뭉개는 것에서 시작되는 자기만족이었고, 결국 그건 다른 사람에 대한 모욕이라는 형태로 드러날 수밖에 없었다.

"이럴 수는 없어……. 이럴 수는…….'

장진범은 이를 박박 갈면서 고민하다가 고개를 휙 돌렸다.
그리고 눈에 불을 켰다.

"이 개 같은 새끼들. 어디 한번 죽어 봐라."

⚖

"뻔하지, 인터넷."

조상필이 대응책을 묻자 노형진은 당연하다는 듯 말했다.

"인터넷이야말로 자기 이야기를 쓰는 곳이잖아. 그것도
자기에게 유리하게 말이야."

"그런가?"

"그래. 당장 과거의 식당 사건들을 봐 봐. 결국 가해자들
이 자기들에게 유리하게 글을 써서 상대방을 망하게 했잖
아? 그리고 현재 갑질 하는 놈들이 가장 먼저 하는 짓거리가
바로 인터넷질이고."

"그건 그렇지."

조금이라도 마음에 안 들거나 수틀리면 인터넷에 올린다
고 협박하는 놈들 천지다.

실제로 가해자가 인터넷에 글을 올려서 피해를 주는 사건
은 넘쳐 난다.

자기가 파워 블로거인데 돈을 받았다고 없는 사실을 조작

해서 올리는 경우는 흔하고, 심지어 자신이 먼저 때리고도 그 식당의 직원이 때렸다는 식으로 주장하기도 한다.

물론 그런 경우에 진실이 밝혀진다고 해도 해당 식당은 치명적인 타격을 입을 수밖에 없다.

"그래서 만든 게 이거지. 짜잔!"

"대나무 숲?"

"그래, 식당 주인들을 위한 대나무 숲."

노형진은 히죽 웃었다.

"대학에서 유행하는 건데 이게 참 좋은 거더라고."

대나무 숲이라는 건 '임금님 귀는 당나귀 귀'라는 우화에서 나온 말이다.

쉽게 말해서 철저하게 익명으로 글을 쓸 수 있는 곳이다.

"'진상을 만나다'는 기껏해야 1년에 쉰두 명이 한계야. 하지만 이 대나무 숲은? 진상에 대해 얼마든지 올릴 수 있지."

확실히 가능은 하다. 얼마든지 말이다.

하지만 그 파급력은 없다고 봐도 무방하다.

대나무 숲이라는 것 자체가 자기들끼리 푸념하는 공간이라는 느낌이 강하니까.

실제로 대학이나 회사 내에서 대나무 숲을 운영하는 건 외부에 영향력을 주기 위함이 아니라 내부의 이야기를 듣기 위한 목적이 강하다.

"외부에 영향력을 줄 수는 없잖아. 여기에 올라오는 모든 글을 다 언론에 알릴 수도 없는 노릇이고.”

노형진은 고개를 끄덕거렸다.

“하지만 선빵이라는 점에서는 중요하지.”

“선빵?”

“볼래? 이미 작업 중이야.”

노형진은 사이트를 열어서 조상필에게 보여 줬다.

아직 초기이고 당연히 홍보되어 있지 않기 때문에 사람은 거의 없는 거나 마찬가지.

당연히 올라가 있는 글도 별로 없었다.

“어?”

그 글 중 몇 개를 읽어 보던 조상필은 고개를 갸웃했다.

“이거 장진범 이야기 아냐?”

대놓고 장진범 이야기다.

물론 장진범의 이름이나 기타 신분을 특정할 수 있는 정보는 없다.

하지만 지역이나 그의 행동 등은 모두 대나무 숲에 올라가 있었다.

“맞아. 내가 다른 곳의 주인들의 허락을 받고 올린 거야. 너도 올려야 하고.”

“아니, 왜?”

“아까도 말했다시피 진짜 권력자나 부자도 아니면서 갑질하는 놈들이 기본적으로 믿는 구석은 바로 인터넷이야.”

이것이 법이다

자기들이 유리하게 글을 올리면 식당 하나 없애는 건 일도 아니라는 그 생각. 그게 그들이 갑질을 할 수 있게 해 준다.

대표적인 예가 바로 맘카페다.

노형진이 한번 정리했음에도 불구하고 맘카페에서 나왔다고 하면서 갑질 하는 사람들은 넘쳐 났고, 그 때문에 그런 맘카페가 활동하는 지역의 상인들은 골머리를 앓고 있었다.

갑질은 기본인 데다 맘카페에서 왔다면서 아예 공짜로 처먹으려고 하는 놈들도 있고, 안 준다고 하면 맘카페에다가 온갖 거짓말을 씨불여 놓으니까.

"하지만 옛날부터 싸움은 '선빵 필승'이라고 하지."

"싸움은 선빵 필승?"

"그래, 그런 협박의 기본은 이거야. 다른 사람들을 포섭해서 너한테 엿을 먹이겠다."

일종의 범죄다.

하지만 대놓고 이야기하지 않는 범죄일 뿐이다.

"사실 인간이 생각해 낼 수 있는 범죄는 기본적으로 거기서 거기야. 과거부터 이미 원형은 존재했달까? 다만 그 베리에이션, 그러니까 방식이 조금씩 바뀌는 거지."

"이해가 되지 않는데."

"그런 협박을 하는 놈들은 널리고 널렸고, 그 대응책도 있다는 거야. 다만 인터넷이라는 도구의 특성상 헷갈린 것뿐이지."

노형진은 그렇게 말하면서 조상필을 모니터 쪽에서 일으

켰다.

"쉽게 표현하면 협박이지. '나한테 잘해 주지 않으면 내가 너를 엿 먹일 거야.'라는."

"그래서?"

"그런데 그 협박을 이미 외부에서 공지해 버리면 어떨 것 같아?"

"응?"

"이번 사건을 예로 들까?"

장진범은 조상필과 다른 상인들에게 갑질을 하면서 무리한 요구를 해 왔다. 들어주지 않으면 인터넷에 글을 올리겠다면서 말이다.

"그런데 너희들이 그걸 먼저 올리는 거지."

어떤 진상이 와서 성희롱을 했다, 모욕을 퍼부었다, 공짜로 돈을 달라고 했다 등등.

"인터넷 우스갯소리 중에 이런 말이 있지. 한마디 말만 주면 선동할 수 있다고."

"아! 알아! 그거 괴벨스가 한 말이야!"

"아, 쯧. 그 사람은 그런 말 한 적 없다."

"엥? 진짜?"

"그래. 하여간 중요한 건 그게 틀린 말은 아니라는 거야."

인터넷에서 유리한 고지를 점하는 것은 대부분 먼저 공개한 사람들이다.

나중에 변명하는 사람들은 누명을 벗기도 힘들고, 설사 누명을 벗는다고 해도 타격을 크게 입는다.

　"하지만 이쪽에서 먼저 공개하면 이야기가 달라지거든."

　"그런데 여기는 폐쇄적인 사이트잖아."

　"완전히 폐쇄적인 것은 아니지."

　글을 쓰기 위해서는 가입이 필수지만 보는 건 누구라도 할 수 있다.

　"그리고 먼저 글을 썼다면 어느 정도의 정당성이 인정되거든."

　노형진이 막 설명하려고 하는 찰나에 직원이 다가왔다.

　"노 변호사님, 말씀하셨던 글이 올라왔습니다."

　"말씀하셨던 글?"

　"오, 그래요?"

　"캡처해서 보내 드렸습니다."

　노형진이 메일함을 열자 캡처된 화면 이미지가 보였다.

　그걸 보던 조상필은 그 글을 쓴 놈이 누군지 알 것 같았다.

　"장진범 이 개 같은 새끼가……!"

　누가 봐도 장진범에 대한 글이었다.

　그런데 문제는, 글이 철저하게 장진범 입장에서 쓰인 거라는 점이다.

　글에서는, 자신은 합당한 클레임을 걸었는데 식당 주인이 쫓아내더니 여자 직원과 짜고 자신에게 성희롱을 뒤집어씌우고 남자 직원과 짜고 모욕을 뒤집어씌웠다고, 억울하다고 징징거리고 있었다.

"아, 씨발 새끼. 이 새끼 미쳤네."

"아까도 말했잖아, 권력이 없는 놈들이 갑질 하는 가장 확실한 권력은 인터넷이라는 대중 권력이라고."

당연히 그의 글은 빠르게 인터넷으로 퍼지기 시작했고 사람들은 상인들을 욕하기 시작했다.

"이거 삭제해야 하는 거 아냐?"

"삭제?"

노형진은 코웃음을 쳤다.

"스스로 자기 무덤을 파겠다는데 삭제할 필요는 없지, 후후후."

장진범은 당황해서 말이 안 나왔다.

일단 인터넷에 글을 올려 사람들의 여론을 등에 업고 주인들을 압박하려고 했다.

처음에는 그게 먹힐 줄 알았다.

그런데 상황이 돌변하기 시작했다.

-이거 전에 그 글이랑 같은 것 같은데?

-뭔 글?

－상인들이 운영하는 상인 대나무 숲인가? 거기에 똑같은 사건이 올라옴. 장소도 같고 심지어 날짜도 같음 www~.

　－뭐야, 진짜네?

　－헐, 성희롱하고 모욕하고 경찰 고소 진행 중이라고? 워메, 돈 주기 싫어서 식약청까지 불렀어?

　－역시 요즘 인터넷은 한쪽 얘기만 들어 봐서는 안 된다니까.

　－심지어 수틀리면 인터넷에 올린다고 협박하고 갔다고 함.

　－이거 협박이 아니라 진짜 올린 것 같은데?

　－상인 쪽이 먼저 올린 거네? 그것도 일주일이나 먼저 올림. 이럼 각 나오는데?

　－모두 키보드에서 손 떼!

　－이럴 때는 둘리 배나 만지는 게 최고.

　－판사님, 이 글은 저희 집 고양이가 썼습니다.

　인터넷에는 글을 쓴 시기가 남을 수밖에 없다.

　그런데 노형진은 이미 일주일 전에 해당 사건에 대해 글을 올려놨다.

　그리고 일주일 후 장진범은 똑같은 글을 인터넷에 올렸다.

　"이렇게 되면 사람들 눈에는 협박한 놈이 그걸 실행한 걸로 보이거든요."

　노형진은 히죽 웃으며 상인들에게 말했다.

　"맞습니다. 인터넷에서 장진범을 편드는 놈이 없더군요."

물론 사람들이 직접 해당 사이트를 찾아온 것은 아니다.

　하지만 노형진이 사람을 붙여서 그런 이야기를 퍼트리면서 사이트 주소를 알리기 시작하자 외부에서 유입되는 사람들이 늘어나고 있었다.

　'그리고 가입자들도 미친 듯이 늘어나고 있지.'

　진상을 만난 사람들이 한두 명이 아니다.

　당연히 그들은 대응책이 없어서 가슴만 두드려야 했다.

　"그러니 이렇게 확실하게 글을 올린다면 상황은 달라질 수밖에요."

　먼저 글을 쓰고 실제로 그 협박이 진행된다면, 그건 외부에 알려진 시점에서 그저 협박의 시행일 뿐이다.

　"정상적인 클레임이라면 이 사이트에 올릴 이유도 없고요."

　물론 진짜 답이 없는 가게들이 실제로 존재하고, 거기서 클레임 방지 차원에서 올릴 수도 있다.

　'하지만 그게 가능할까?'

　그런 가게라면 클레임이 한두 건이 아닐 테니 그걸 다 막기 위해서는 사이트에 도배하는 수준으로 써야 한다.

　그리고 대부분의 사람들이 진짜 불만족스러운 경우는 거기서 말하지 않고 그냥 인터넷에 올린다.

　클레임이라는 건 둘 중 하나다.

　그곳에 애정이 있거나 뭔가를 요구하고 싶거나.

　딱히 아무것도 없는 사람은 인터넷에 글을 올리고 더 이상

안 가면 그만이다.

당연히 미리 이야기하지 않을 테니 미리 글을 써서 대응할 수는 없다.

'하지만 진상은 좀 다르지.'

온갖 갑질을 하고 직원들을 괴롭히는 게 그들이다.

그러니 상황은 명확하고, 글을 올리는 게 어려운 일은 아니다.

"덕분에 장진범이 인터넷에 올린 글은 효과가 전혀 없지요."

이미 먼저 쓴 글이 있으니까.

당연히 가게에도 거의 타격이 없었다.

아니, 도리어 불쌍하다고 도와주겠다며 팔아 주러 오는 사람들 덕에 손님이 늘었다.

"천재라고 주장하지만 결국 그의 가장 강한 권력은 인터넷일 뿐입니다."

하지만 그 인터넷의 권력을 잃어버렸다.

그러니 이제 그는 조상필과 다른 상인들에게 갑질을 할 수가 없다.

와서 또 갑질 하는 순간 경찰이 다시 달려올 테고, 그때는 지금까지와 다르게 확실하게 처벌받게 될 것이다.

전과가 있으니까.

"그러면 다시는 못 오겠네요."

"복수를 고작 그걸로 끝내시게요?"

"또 뭐가 있습니까?"

"그래도 은팔찌 한 번은 채워 줘야 정신을 차리지 않겠습니까?"

노형진은 히죽 웃으며 말했다.

⚖️

"놔! 놓으란 말이야! 내가 누군지 알아! 손 떼! 더러운 손 떼라고, 이 새끼들아! 엄마! 아빠! 살려 줘!"

장진범은 경찰들에게 잡혀서 끌려가고 있었다.

"아이고, 내 아들! 내 아들!"

"진범아! 아빠가 비싼 변호사를 살 테니까 걱정하지 마! 아빠가 구해 줄게!"

한 편의 신파극을 찍고 있는 세 사람.

하지만 그걸 보는 상인들은 속이 시원한 얼굴이었다.

"와, 저 새끼가 끌려가는 게 이렇게 속이 시원한가?"

"아주 그냥 10년 묵은 체증이 확 내려가네."

그가 끌려가는 모습을 온 동네 사람들과 상인들까지 모조리 나와서 바라보고 있었다.

"아마 조만간 이사 가야 할 겁니다. 동네 창피하니까."

"그런데 어떻게 된 거야? 네가 무슨 수라도 쓴 거야?"

지금 장진범은 구속영장이 청구되어서 끌려가고 있는 중

이었다.

"아니. 내가 왜?"

노형진은 어깨를 으쓱했다.

물론 노형진이 힘쓰면 구속영장이 나오는 건 불가능한 일이 아니다.

하지만 노형진이 고작 진상 하나 때문에 힘쓸 생각은 없었다.

"결국 자초한 거야."

"자초했다고?"

"그래. 인터넷에 직접 글을 올려서 분위기를 바꾸려고 했잖아."

더군다나 그는 그동안 경찰에 대해서도 갑질을 하면서 괴롭혔다.

"그리고 얼마 전에는 동행 요구도 거절하고 출석요구도 거부했지."

정확하게는 노형진이 노린 거다.

각기 다른 주소의 경찰서로 신고함으로써 비슷한 시기에 출석요구가 날아가게 했고, 결국 그는 다른 출석요구에는 응할 수 없게 된 것이다.

"그런다고 구속영장이 나와? 고작 갑질에?"

"구속영장이라는 것의 목적은 죄의 처벌이 아니야."

그 죄를 수사할 때 도주나 증거인멸의 우려가 있는 경우에는 그걸 막기 위해 나오는 것이다.

"그리고 장진범은 그 두 가지를 다 했지."

출석을 거부했고, 인터넷상에 허위 사실을 유포하여 증거를 부정하려고 했다.

"더군다나 경찰 입장에서는 그의 조서를 좋게 써 줄 이유가 없지."

당연히 경찰은 도주의 위험성이 다분하다고 써서 올렸고 검사는 그걸 보고 구속영장을 청구한 것이다.

더군다나 범죄 기록도 어마어마하게 많으니까.

"결국 자업자득이지."

노형진은 그렇게 말하면서 끌려가는 장진범을 바라보았다.

"놔! 좋으라고, 이 새끼들아! 내가 누구인 줄 알아! 나 멘사 회원이야! 멘사 회원이라고! 너희 같은 바보들이 막 대할 만한 몸이 아니라고!"

장진범은 고래고래 소리를 지르고 있었지만 누구도 그의 말을 들어 주지 않았다.

"저 성격이면 구치소에 가도 아마 고달플 건데."

일반인도 무시하는 성격이 죄수들을 무시하지 않을 리가 없다.

그걸 알기에 노형진은 혀를 끌끌 찼고 조상필은 피식 웃었다.

"그러면 구치소에서 금단의 사랑이나 배워서 나오기를 기대해야겠네."

노형진은 조상필의 말에 키득거리면서 웃을 수밖에 없었다.

존재하지 않는 사람들

"사람을 좀 찾아 주세요."

"고문학 팀장님이 어쩐 일이십니까, 사건을 다 가지고 오시고?"

고문학은 새론의 정보 팀을 관리하는 사람이다.

하지만 법률적 문제로 엄밀하게 말하면 팀이라기보다는 하청 회사처럼 별개의 회사로 운영되고 있었고, 그 때문에 고문학은 별개의 사건을 받아서 할 수도 있었다.

"그게 말이죠, 외부에서 들어온 사건입니다만 아무래도 좀 이상한 냄새가 나서요."

"이상한 냄새요? 뭔데요? 불륜입니까?"

"그건 아닙니다. 직원을 찾아 달라는 의뢰입니다만."

"직원요? 회사 직원요?"

"가게 직원입니다. 가성정이라는 대형 고깃집 사장의 의뢰입니다."

"특이하네요."

식당에서 직원을 찾는 경우는 드물다.

물론 그런 경우가 아예 없는 건 아니지만, 대부분 그 직원이 범죄에 관련되었을 때의 일이다.

그리고 그런 경우 사장은 흥신소가 아니라 경찰에 신고한다.

"돈을 많이 가지고 도망갔나 봐요?"

노형진은 무심결에 말했다.

그것 말고는 다른 이유가 없어 보였으니까.

그런데 의외로 이유가 그게 아니었다.

"그게 아닙니다. 실종되기는 했는데 돈을 들고 도망가거나 한 건 아니랍니다."

"그런데 왜요? 다른 사람을 뽑으면 되지 않습니까?"

"말 그대로 실종이라서 그런 겁니다."

"말 그대로 실종? 그러면 그것도 우리 영역이 아니라 경찰 영역입니다만."

"그게 말이죠."

고문학은 입맛을 다시며 말했다.

하긴, 이런 경우는 좀 특수하니까.

"불체자랍니다."

"불체자요?"

불법체류자가 사라졌다는 말에 노형진은 더 이해가 가지 않았다.

대부분의 직장에서 불법체류자가 사라지는 건 단 한 가지 이유 때문이다.

더 좋은 직장을 찾았거나 강제 추방의 위기다.

"그런데 사장은 그렇게 생각하지 않습니다."

"으음…… 좀 그렇군요."

식당에서 불체자를 쓴다는 건 좋은 일은 아니다.

애초에 불체자를 직원으로 쓰면 적지 않은 벌금이 나온다.

하지만 그러면 더 이상해진다.

불체자를 쓸 정도로 나쁜 사람이면 실종된 사람을 찾으려고 노력하지 않을 테니까.

"이해가 가지 않습니다만. 불체자가 도망간다고 해도 가게에 도움이 되면 모를까 피해는 안 가잖습니까?"

"사장은 도망간 게 아니라 사고가 났다고 생각하고 있습니다."

"사고요?"

"네. 사정을 들어 보니 사장이 돈 때문에 불체자를 고용하는 사람은 아닌 것 같더군요."

가성정은 작은 고깃집이 아니었다.

무려 300평짜리 4층 건물을 통째로 쓰는 고깃집이다.

심지어 그 옆에는 200평의 6층짜리 주차 타워까지 따로 있는 정도의 규모가 되는 가게다.

"허, 그 정도면 어지간한 중소기업 수준이군요."

"네, 그래서 복지도 잘되어 있고요."

그래서 들어오고자 하는 사람도 많기 때문에, 인력이 부족해서 외국인 노동자를 쓸 일은 거의 없다고 한다.

"인건비는요? 인건비를 아끼려고 불체자를 쓰는 사람들은 많지 않습니까?"

"인건비는 다른 사람들과 동일하게 주고 있다고 하더군요."

"특이하네요. 그러면 보통 불체자는 잘 안 쓰는데."

"뭐 어찌어찌 인연이 되었는데, 불쌍한 애를 두고 볼 수가 없어서 고용했다고 하더군요."

"흠."

그런 직장이라면 확실히 그만둘 만한 일은 없다.

특히나 그런 대형 식당은 불체자 긴급 점검이 거의 나가지 않는다.

불법체류자를 쓴다는 것 자체가 인건비를 아끼든가 쥐어짜기 위해서인데, 그런 곳이라면 그럴 이유가 없으니까.

"그런데 왜 사고에 휘말렸다고 생각하는 겁니까?"

"숙소에 안 들어왔답니다."

"숙소도 있어요? 사장이 천사네요."

"뭐, 부자라고 다 나쁜 건 아니니까요."

사장은 집이 멀어 출퇴근하기 힘든 직원들을 위해 빌라 두 채를 빌려서 숙소로 쓰게 했고, 총 열 명의 직원들이 숙식을 해결했다고 한다.

"그런데 야간 근무를 마치고 퇴근한 직원이 숙소로 돌아오지 않았답니다."

"그리고 그 직원이 불체자고요?"

"그렇다네요."

노형진은 곰곰이 생각에 빠졌다.

확실히 그녀가 도망간 게 아니라면 여러모로 사건이 문제가 되기는 한다.

'경찰이 절대로 수사할 리가 없지.'

노형진이 생각한 것처럼 불법체류자의 실종은 그저 또 다른 도주로 취급될 뿐이다.

애초에 불체자들은 한곳에서 오래 일하려고 하지 않는다.

그래서 사라졌다고 해도 경찰이 딱히 수사도 하지 않는다.

해 봤자 결국 강제 출국인지라 사장도 신고하지 않고 말이다.

"숙소에 안 온 것도 이상하지만, 거기에 옷이랑 짐도 다 두고 사라졌다고 하네요."

"확실히 그건 이상하군요."

야반도주를 한다고 해도 짐은 가지고 가는 게 보통이다.

결국 다 돈을 주고 사야 하는 물건이니까.

"그래도 혹시 몰라서 일단 신고는 했는데 경찰에서는 수사하려고 하는 모습을 딱히 보여 주지 않는다고, 의뢰하고 싶다고 하더군요."

"사건이라……."

노형진은 눈을 찌푸렸다.

경찰에게 맡겼다가 다시 고문학에게 맡긴 다음 고문학이 다시 노형진에게 올 때까지, 시간이 얼마나 흘렀을까?

아무리 못해도 한 달은 걸렸을 것이다.

"그동안 아무런 연락도 없었고요?"

"네, 그래서 더 이상하다고 생각한답니다."

직원과 사장이라고 하지만 그래도 친하게 지냈다고 한다. 딱히 무시하거나 그러지도 않았다고 하고.

"언제나 이 은혜는 잊지 않겠다고 했답니다. 그런 사람이 가타부타 말도 없이 갑자기 사라졌으니 더 이상한 거죠."

그런 사이라면 전화라도 한번 해 주는 게 정상이다.

그런데 전화도 없다?

"그리고 이게 사진인데……."

"아…… 음…… 걱정할 만하네요."

식당에서 일하는 사람이라고 해서 아줌마인 줄 알았다.

그런데 사진에 보이는 여자는 20대 초반의 아가씨다, 그것도 아주 예쁜.

"예쁜 아가씨다 보니 걱정이 많은 겁니다."

차라리 아줌마라면 사건에 휘말렸을 가능성은 다소 낮아진다.

그런데 이렇게 예쁜 아가씨라면 사건에 휘말렸을 가능성이 높아진다.

"그리고 고 팀장님 쪽에서도 못 찾았고요?"

"네."

고문학은 이런 쪽에서 프로다.

노형진이 그를 괜히 포섭해서 고용한 게 아니다.

불법적인 정보에 관해서라면 사실 경찰보다 고문학이 몇 수는 위다.

그런데 그런 그가 못 찾는다?

"아무래도 이상하기는 하군요."

"그래서 부탁드리는 겁니다. 노 변호사님은 혹시나 방법이 있을지도 모르니까."

고문학은 노형진의 능력에 대해서는 모른다.

하지만 가끔 자신보다 훨씬 능력이 뛰어나다는 걸 알기에 노형진에게 기대기로 한 것이다.

"좋습니다. 제가 한번 나서 보지요."

노형진은 고개를 끄덕거렸다.

"피해자가 어디에 있는지 찾아봅시다."

'역시나였어. 일이 터진 건가?'

노형진은 숙소에 와서 피해자인 장채신의 물건을 확인하고 슬쩍 사이코메트리 능력을 사용했다.

그런데 그녀의 짐에서는 가게를 떠나거나 도망갈 계획 같은 건 전혀 읽히지 않았다.

그저 사장에 대한 감사한 마음만 있을 뿐.

'더군다나 손님과 트러블이 있는 것도 아니었고.'

외모가 좀 되는 아가씨라 서빙을 보는 줄 알았는데 알고 보니 그녀는 주방에서 일했다.

그녀가 외국인이고 불체자라 혹시나 사람들의 눈에 띄는 게 안 좋을 거라 생각해서 사장이 안쪽으로 돌린 것이다.

그렇다 보니 딱히 트러블도 없고, 사이가 나쁜 직원도 없고, 식당 손님들은 그녀의 존재 자체도 알 수가 없었다.

'그런데 갑자기 사라졌단 말이지.'

정확하게는 야간 근무를 마치고 돌아가는 길이었다.

"가성정에서 여기까지 대략 걸어서 20분 정도 됩니다."

가성정은 그 규모상 시내에 있는 고깃집은 아니었다.

물론 아예 구석에 있는 것도 아니다.

살짝 시 외곽이고, 그 주변에는 저렴한 빌라들이 있었다.

"20분이라……. 딱히 차를 타고 움직이지는 않아도 될 정도네요."

"그렇지요."

그녀의 주요 업무는 설거지였고, 아무래도 다른 업무보다는 좀 늦게 끝날 수밖에 없다.

홀은 안쪽에서 치우면 그만이지만 주방에서는 그걸 다 닦아야 하니까.

"그리고 주방에서 일하는 사람 중에서 기숙사 생활을 하는 사람은 그녀뿐이고요?"

"네. 그래서 늦은 시간에 혼자서 퇴근할 수밖에 없습니다. 차가 있는 것도 아니고요."

"곤란하군요."

노형진은 숙소에서 나와서 주변을 둘러봤다.

시 외곽이라서 그런지 주변에는 그 흔한 CCTV 하나 보이지 않았다.

혹시나 오는 길에 하나쯤 있을까 하고 찾아봤지만 죄다 논과 밭이라 그런 건 없었다.

"심지어 주차된 차량도 하나도 없으니."

말 그대로 깨끗하게 증발한 셈이다.

"어떻게 생각하십니까? 일이 터진 것 같지요?"

"확실히 일이 터지기 딱 좋은 곳이네요."

노형진은 스윽 멀리 펼쳐진 논과 밭을 바라보았다.

사람이 드물고 인적도 거의 없다.

거기에다 퇴근 시간은 거의 새벽 2시쯤이라고 하니.

"으음…… 묻지 마 범죄일까요?"

노형진은 고개를 흔들었다. 그럴 가능성은 낮다.

"묻지 마 범죄를 저지르려면 일단 사람이 있는 곳으로 가겠지요."

묻지 마 범죄는 대부분 즉흥적이다.

누군가 해를 끼치자고 갑자기 생각이 드는 거지 계획적으로 아무나 랜덤하게 공격하자고 생각하는 것이 아니다.

"그런데 여기를 보세요. 여기는 탁 트인 개활지입니다."

즉, 누군가 움직인다면 멀리서부터 보인다는 뜻이다.

물론 밤이라서 안 보일 수도 있겠지만.

"어찌 되었건 묻지 마 범죄의 목적인 불특정 다수를 만나는 데에는 그다지 좋은 곳이 아닙니다. 그리고 사건 추정 시간이 새벽 2시입니다. 여기를 그 시간에 누가 다니겠습니까? 아마 고정적으로 움직이는 사람은……."

즉, 장채신 말고는 그 시간에 움직이는 사람은 없다는 것이다.

"그러면 장채신을 노리고 뭔가를 했다는 걸 의미하는군요."

"맞습니다. 그리고 이런 경우는……."

노형진은 눈을 찡그렸다.

그녀의 외모로 봐서는 목적은 상당히 확실하다.

더군다나 그녀의 시신이 발견된 것도 아니다.

"음…… 단순 강간은 아니겠네요."

살아 있다면 벌써 찾아왔거나 신고했을 것이다.

그러면 남은 건 둘 중 하나다.

죽었거나, 아직 살아 있지만 감금되어 있거나.

"그러면 어떻게 추적하지요?"

"잠깐 길을 걸어 보죠."

노형진은 천천히 빌라에서 가성정 쪽으로 걸어갔다.

그리고 계속 주변을 두리번거렸다.

"뭘 찾으시는 겁니까?"

"물건이 아니라 장소입니다."

"장소요?"

"네. 예상대로 납치 관련이라면 필요한 건 차량이니까요."

설마 사람을 납치해서 손수레에 싣고 가지는 않았을 테니 납치범은 무조건 차량을 이용했을 수밖에 없다.

"그런데 이곳은 차량을 주차해 두기에 진짜 애매한 위치지요."

논밭 사이에 난 도로는 왕복 1차선이다.

한구석에 차를 두면 남은 길로 간신히 차가 빠져나갈 수 있는 수준의 도로.

낮이라면 아마도 그게 이상하지는 않을 것이다.

차를 세워 두고 일하는 사람도 많고, 새참을 나르거나 하는 일도 많을 테니까.

"하지만 밤에는 이야기가 다르죠."

주변에 주차장이 없는 것도 아니고, 집에서 멀리 떨어진 이런 곳에 굳이 차를 두고 움직일 사람은 없다.

"그러면 누군가 경계하지 않겠습니까?"

"아! 그러면 차를 감출 수 있는 곳이 필요하겠군요."

"네, 제 생각은 그렇습니다."

어딘가에 차를 감춰 두고 기습적으로 튀어나와서 납치했다는 건 추측하기 어렵지 않다. 하지만 이런 지역에서는 차를 감추는 것이 절대 쉬운 일이 아니다.

보통 이런 곳에서 감출 만한 장소는……

"저런 곳이지요. 아니, 딱 저기 말고는 없겠는데요."

도로 옆으로 있는 창고. 그 창고에는 온갖 짐이 잔뜩 쌓여 있었다.

그곳에 차를 감춰 두면 가게에서 오는 쪽에서는 잘 보이지 않는다. 하지만 숨어 있는 쪽은 도로를 전부 감시할 수 있다.

"결국 납치일 수밖에 없나요?"

"솔직히 다른 가능성을 따지기에는, 이 지역의 지형상 가능성이 없습니다."

좁은 도로이고 도로 상태도 좋지 않다.

아스팔트 길도 아닌 전형적인 콘크리트 도로이고, 그마저도 오래되어서 여기저기 부서지고 팼다.

"이런 곳에서는 과속하기도 힘들죠."

설사 과속한다고 해도 일직선으로 쭉 뻗은 도로다.

"라이트가 뒤쪽에서 비추어 오니까 보행자는 충분히 인지할 수 있습니다."

옆에 가드레일이 있는 것도 아니니 살짝 옆으로 피하면 그만이다.

"그런 환경에서 사람을 치었다면 차가 논에 처박혔을 테고요."

그런데 그런 사고 기록은 없다.

"사람 자체가 사라진 거니 단순 강도나 절도는 의미가 없고……."

결국 납치뿐이다.

아니면 작심하고 차로 밀어 버리고는 그 사람을 강제로 태우고 움직였다는 소리가 되는데, 만일 그런 거라면 이 도로 어딘가에 피가 떨어져 있거나 최소한의 사고 흔적은 남아 있어야 한다.

하지만 그런 건 없다.

"결국 자발적으로 차에 탔거나 강제로 차에 탔거나 하는 것뿐이겠네요. 알아내는 게 쉬운 일은 아닐 것 같네요."

고문학은 눈을 살짝 찡그리면서 말했다.

보통 사람이 사라지면 그 사람을 추적하는 건 쉽지 않다.

지금은 현장은 찾았지만 어디로 갔는지는 확인할 방법이

없다.

"일단 창고 쪽을 뒤져 보지요."

노형진은 차가 숨겨져 있었을 만한 창고 쪽을 뒤적거리면서 혹시나 쓸 만한 증거가 나오지 않을까 했다.

하지만 오래된 창고이고, 무엇보다 바닥이 흙으로 되어 있기 때문에 증거가 남아 있지 않았다.

'하긴, 실종된 지 벌써 한 달이나 지났는데.'

그 흔적이 남아 있을 리가 없다.

물론 노형진에게 사이코메트리라는 능력이 있기는 하지만 애석하게도 이번에는 그 능력도 쓸모가 없었다.

'아, 씁. 차에서 내리지도 않은 건가?'

아무리 노형진이라도 직접적으로 접촉하지 않은 기억을 읽을 수는 없다.

만일 상대방이 차량에서 내리지도 않았다면 거기에 관련된 기억은 없을 수밖에 없다.

그리고 이곳에서 읽을 수 있는 기억은 죄다 농사를 짓는 농부들의 기억이지 범죄와 관련된 기억은 없다.

"직장 쪽을 뒤져 봐야 할까요?"

"그래야 할 것 같네요."

노형진은 결국 여기서 증거를 찾는 것은 불가능하다는 생각을 할 수밖에 없었다.

"그런데 직장이라고 해 봐야……."

노형진은 눈을 찌푸렸다.

아무래도 일이 쉽지는 않을 것 같았다.

⚖️

"사람과 접촉하는 일이 거의 없었다고요?"

"없었다니까요."

가성정의 사장인 남궁지연은 노형진의 말에 고개를 절레절레 흔들었다.

"애초에 채신이는 사람들 만나는 걸 좋아하지도 않았고."

"어째서요?"

"제가 채신이와 만나게 된 이유를 모르시나 봐요?"

"그 이야기는 못 들었네요."

"채신이는 원래 관광으로 들어왔던 아이예요."

사실 대부분의 밀입국자들이 관광비자로 들어온다.

그리고 그 후에 비자 기간이 끝나도 돌아가지 않고 잠수하는 것이다.

"그런데 외모가 곱상하니까 자기를 고용하는 곳들이 죄다 술집이나 이상한 곳으로만 돌리려고 했다고 하더라고요."

그녀는 그런 일을 하기 싫어서 정상적인 일을 구하려고 했지만 대부분의 사람들이 그녀를 그쪽으로 강제로 끌고 갔다.

심지어 소개해 주는 사람들이 중국 사람인데도 말이다.

'그랬겠지.'

사실 그녀가 원하는 일자리라고 해 봐야 그저 그런 일자리에 지나지 않고, 브로커 입장에서는 그다지 돈을 많이 받는 것도 아니다.

그에 반해 성매매 관련 소개는 브로커에게 돌아가는 돈이 적지 않다.

"그래서 도망쳐서 우리 가게 앞에서 잠든 걸 제가 거둔 거예요."

한겨울 그녀가 가게 앞에 쪼그려 잠든 걸 발견한 남궁지연은 그녀의 궁핍한 상황을 듣고 도와주겠다고 나섰고, 그 덕분에 장채신은 그녀의 도움을 받아서 일을 할 수 있었다고 한다.

"그러면 장채신 씨에게 관심을 가지거나 평소에 찝쩍대거나 하는 남자 손님은 없었나요?"

"전혀요."

장채신은 사람들 앞으로 나서려고 하지 않았기 때문에 남자 손님들은 그녀의 존재 자체를 몰랐고, 외부에 있는 사람들도 그녀를 볼 일은 없었다.

애초에 직원용 휴게실은 뒷문 쪽 구석에 따로 있기 때문에 일반인이 그쪽으로 접근하는 건 불가능했다.

"그러면 다른 가능성은 없나요? 가령 직원 중에서 누군가 관심을 크게 가진다거나."

"솔직히 우리 직원 중에서 그런 직원은 없어요."

대부분이 나이가 먹은 지긋한 사람들이다.

그나마 젊은 사람이 화로를 담당하고 있는 47세의 남자인데, 그 사람은 이미 결혼해서 애가 둘이다.

"애초에 미혼 자체가 없다는 거군요."

"없지요."

그러니 그녀에 대해 예쁘다고 생각할 수는 있을지언정 그녀를 쟁취하기 위해 목숨을 걸고 싸울 정도의 젊은 사람은 없었다.

"하지만 나이 먹은 사람도 범죄를 저지르지 말라는 법은 없습니다."

"그거야 그렇지만……."

고문학의 말에 확신하지 못하고 얼버무리는 남궁지연.

하지만 노형진은 고개를 흔들었다.

"그건 아닐 겁니다."

"네? 어째서요?"

"만일 치정이 문제라면 회사, 아니 가게 내부에 어떤 식으로든 소문이 났어야 합니다."

규모가 꽤 된다고는 해도 결국 가게는 가게일 뿐이다.

도리어 대부분의 사람들이 나이가 있는 아주머니라는 점에서 소문이라는 건 쉽게 퍼진다.

"직원 중에 누군가가 관심이 있었다고 해도, 일단 찝쩍거리는 데서 시작하지 무조건 일단 납치하고 보자고 생각하지는 않거든요."

　더군다나 이 식당에서 일하는 사람들의 평균 근속 연수는 4년 이상이다.

　장채신이 이곳에서 일한 것도 2년째라고 했다.

　"그사이에 사람이 바뀐 적도 없었고……."

　그 말은 누군가가 새로 들어와서 그녀에게 반해 찝쩍거리다가 그게 원한으로 변했을 가능성은 높지 않다는 걸 의미한다.

　원한이 되어 버릴 정도의 애정이었다면 누군가는 그걸 알았어야 한다.

　결론적으로 식당 내부에서 사건이 발생했을 가능성은 없다는 것이다.

　"그러면 도대체 어디에 접점이 있다는 거죠?"

　누군가 소개한 것도 아니다.

　불법체류자를 소개팅해 주거나 맞선을 주선할 수는 없으니까.

　설혹 정말 아무도 몰래 원한을 품고 있었다고 해도 납치는 말이 안 된다.

　당장 그녀를 쫓아내고 싶다면 몰래 외국인 관리소에 전화한 통만 해도 장채신은 며칠 내에 바로 추방 대상이 되어 버린다.

일단 그들이 와서 그녀를 강제로 끌고 가 비행기에 태워서 무조건 중국으로 보내 버린다.

그러니 굳이 힘들게 납치하거나 살인할 이유가 없다.

"그러면 장채신 씨의 생활 패턴은 어땠나요?"

"매일 같았지요. 오후 4시쯤 출근해서 오전 2시쯤 퇴근."

점심 장사 같은 경우는 다른 설거지 담당자가 있었기 때문에 딱히 그녀가 일찍 출근할 필요는 없었다.

"출근길에 누군가 붙는 건요?"

"그것도 힘들 거예요. 현실적으로 말하면요."

오후에 출근할 때는 숙소의 직원들과 같이 버스를 타고 왔다고 한다.

그러니 누군가가 특별히 다가왔다면 사람들이 알았을 수밖에 없다.

"그렇단 말이지요."

노형진은 머릿속을 정리하려고 노력했다.

그 결과 나오는 답은 한 가지뿐이었다.

"결국 사건의 시작은 그 도로부터군요."

"그 도로요? 하지만 흔적이고 뭐고 없지 않았습니까?"

고문학은 고개를 갸웃했다.

당장 오늘 하루 종일 그 도로를 살피다가 왔다.

그런데 딱히 사고가 생길 만한 요소는 하나도 없었다.

물론 납치라는 건 좀 예외지만 말이다.

노형진은 그런 고문학의 말에 고개를 흔들었다.

"제가 말하는 건 사고의 원인이 되는 일이 거기서 벌어졌다는 겁니다."

"그게 무슨 말씀이신지?"

"그 시간에 그 주변을 둘러보면 말입니다, 아무도 다니지 않습니다."

사람이 누군가에게 성적인 관심을 보이기 위해서는 기본적으로 상대방을 직접 봐야 한다.

그래서 다들 이해하지 못하는 것이다.

"그런데 과연 그게 맞는 생각일까요?"

"네?"

"그 시간에 우리는 누구도 다니지 않는다고 생각하고 있지요? 하지만 사실 그걸 직접 확인한 건 아니지요."

그저 지형상 그곳에 사람들이 다니지 않을 거라고 생각했을 뿐이다.

"하지만 그 시간에 다니는 사람들이 있다면 어떨까요?"

"그 시간에 다니는 사람들?"

"네."

"으음……."

그 시간의 그곳에 사람이 다녔다면?

그리고 그녀가 정해진 시간에 걸어가는 걸 자주 보았다면?

"어쩌면 범죄자가 딴생각을 할 수도 있지요."

고문학은 자신도 모르게 고개를 끄덕거렸다.

고정관념이라는 게 그런 거다.

그 시간에 그런 곳에 사람이 다닐 가능성이 적기는 하지만, 아예 없는 건 아니다.

"그곳에서 사람들이 다니는지 동선을 보자는 거군요."

"그러지요. 그곳 말고는 다른 사람들과의 접촉이 없는 것 같으니까."

노형진은 혀를 끌끌 차며 말했다.

⚖

"이제 제법 쌀쌀하네요."

숨을 공간을 구하는 건 어렵지 않았다.

적당히 텐트를 치고 짚단 더미처럼 꾸미면 끝이었다.

그 안에서 쌀쌀한 밤바람을 피해 핫 팩으로 몸을 데우며, 노형진과 고문학은 사람들이 다니는지 확인하기 시작했다.

사실 확인할 만한 건 없었다.

"진짜 아무것도 없네요."

그나마 6시까지는 사람이 좀 다녔다.

하지만 8시를 넘어가는 시점부터 길에 사람이 거의 없었다.

"이런 곳에 도대체 누가 올까요?"

"글쎄요. 진짜 누구도 오지 않을 것 같기는 하네요."

8시를 넘어서 9시, 10시, 11시가 되도록 도로에는 단 한 명도 돌아다니지 않았다.

"보통 장채신이 퇴근하는 시간이 오전 2시쯤이라고 했지요?"

"네."

손님이 많아서 일이 많으면 오전 2시, 손님이 별로 없는 날이면 밤 12시쯤이면 그녀는 퇴근했다.

어쩔 수 없는 게, 마지막 차편이 11시에 있는지라 집에서 출퇴근하는 사람들은 그걸 타고 움직여야 하니까.

숙소에 살고 있는 그녀가 홀로 남아 마무리를 지을 수밖에 없었던 것이다.

"후우."

노형진은 시려 오는 손을 핫 팩으로 데우면서 텐트 바깥을 바라보았다.

"12시가 넘었는데 사람이 없군요."

"음…… 우연히 지나가다가 본 걸까요?"

"글쎄요. 그건 아닐 것 같습니다."

이런 유의 범죄는 상대방이 피해자에 대해 잘 아는 경우가 많다.

그냥 스쳐 지나가다가 마음에 들어서 납치하는 경우는 없다고 봐도 무방하다.

"'저 여자가 마음에 든다. 그러면 어떻게 할까?'에서 시작되는 게 범죄입니다."

"하지만 강간은 그런 경우가 있지 않습니까?"

"일반적인 강간이라면 그렇겠지요. 하지만 이번에는 차량까지 동원된 사건입니다."

만일 여기서 사건이 벌어졌다면 자신들이 알았어야 한다.

하지만 자신들은 몰랐다.

그 말은 사건 자체는 여기서 벌어진 게 아니라는 것.

"아…… 피곤하기는 하네요. 아직 1시인데."

좁은 텐트 안이 불편한 듯 꿈지럭거리는 고문학.

그 순간 노형진이 그를 콱 잡았다.

"노 변호사님?"

"저거 사람 아닙니까?"

"응?"

저 멀리에서 오는 한 무리의 사람들.

그들을 본 고문학은 고개를 갸웃했다.

"사람들? 사람들이 이 시간에 왜 여기로 오지요?"

"그러게요. 이해가 가지 않는군요. 이 시간에 여기에 사람들이 무리 지어 다닐 이유가 없는데."

하지만 그들은 그 숫자도 제법 많았다.

그리고 그들이 어느 정도 가까이 왔을 때, 노형진은 그들의 특징을 알 수 있었다.

"옷이 같네요."

"저거 교복 같은데요?"

"교복요? 아, 그러네요. 저거 분명 교복입니다."

전형적인 교복이라고 볼 수 있는 옷들.

피곤한 기색의 학생들이 터벅터벅 이쪽으로 걸어오고 있었다.

노형진은 그걸 보면서 혀를 찼다.

"야자가 끝나고 집에 가는 길인가 보군요."

대부분의 학교에서 야자, 그러니까 야간 자율 학습이 사라지기는 했다.

하지만 몇몇 학교들은 여전히 야자를 한다.

특히 이런 곳에 있는 학교는 야자를 하는 비율이 높다.

어쩔 수가 없다.

도심지처럼 학원이 많은 것도 아니고 공부에 관련된 시스템이 지원되는 것도 아니니, 그냥 학교에 최대한 오래 잡아두는 것이다.

"야자가 이 시간에 끝나나 보군요. 그런데 이 근처에 학교가 있던가요?"

노형진의 질문에 고문학이 자신의 핸드폰으로 주변 학교를 검색했다.

그리고 이내 이름 하나를 찾아냈다.

"장건 고등학교라고 있습니다."

"장건 고등학교요?"

"네."

"특이하네요. 여기는 학생들이 많을 만한 곳도 아닌데."

도심까지는 거리가 있고, 빌라가 있는 마을도 있기는 하지만 딱히 고등학생이 많을 것 같지는 않았다.

"그러게요. 이런 곳에 고등학교라니. 보아하니 저기 산 쪽에 있나 봅니다."

확실히 그쪽은 자신들의 감시 반경 바깥이라 확인하지 않긴 했다.

"고등학생이라……. 제가 생각하는 게 노 변호사님이 생각하는 것과 같을까요?"

"그럴지도 모르지요."

고등학생은 외부적으로 보면 학생이다.

하지만 현실적으로 덩치나 힘은 성인 남성과 비슷하며, 더군다나 그 나이 때는 혈기 왕성할 때라 사고를 치게 되면 대형 사고를 치는 경향이 크다.

"아무래도 저 학교에 대해 알아봐야겠네요."

자신들의 앞을 지나가는 학생들을 보면서 노형진은 입술을 깨물었다.

⚖

"장건 고등학교. 일단 대안 학교이긴 합니다만……."

"대안 학교요? 보통 대안 학교라면 학교에 적응하지 못하는 아이들을 가르치는 곳 아닙니까?"

　그런데 그런 곳에서 교복까지 입혀서 애들을 통제한다?

　그건 그다지 흔한 일은 아니다.

　대부분의 대안 학교 학생들이 그러한 억압적 통제에 적응하지 못해서 대안 학교로 오니까.

　"그런 학교도 있지만, 다른 의미에서의 대안 학교도 있습니다."

　"다른 의미에서의 대안 학교?"

　"옛날 표현을 빌려서 말하자면 똥통이지요."

　"똥통? 아! 무슨 뜻인지 알겠습니다."

　대안 학교라고 해서 무조건 미적응자나 학교 폭력의 피해자만 가는 게 아니다.

　몇몇 학교들은 가해자들을 수용한다.

　계속 문제를 일으켜서 어느 학교에서도 받아 주지 않는 놈들이 있다.

　일반적으로 학부모들은 어떻게든 자식이 고등학교 졸업장을 받게 하려고 집 주변 고등학교를 빙빙 돌리려고 하지만, 현실적으로 주변의 고등학교들은 서로 정보를 공유하기 때문에 심각한 문제를 일으키는 학생은 받지 않으려고 한다.

　결국 멀리 가야 하는데, 학생 기록부에 모든 기록이 남아서 전학하는 고등학교에 들어간다.

당연히 폭행, 갈취, 협박 등등 온갖 범죄로 도배된 자칭 타칭 '일진'은 정상적인 학교에 가지 못한다.

"그럴 때 가는 곳이 있지요."

오로지 단 하나, 고등학교 졸업장을 따려는 목적 하나만 가지고 들어가는 학교.

전국에서 질 안 좋은 놈들이 자연스럽게 모이게 되는 학교.

그런 학교들을 '똥통'이라고 부른다.

온갖 똥이 다 모인다고 말이다.

"그런데 여기에 그런 게 있다라……. 최악 중의 최악이군요."

일정 지역마다 그런 소위 '똥통'이라고 하는 학교가 있었던 것이 사실이다. 그런데 그런 곳에서조차 감당되지 않는 녀석들은 결국 쫓겨나고, 자기들끼리의 우리에 몰아넣어진다.

"그게 바로 장건 고등학교입니다."

당장 뜬금없이 산속에 고등학교가 있다는 게 그 증거다.

주변에 가게도 없고 술집도 없다.

문제를 일으켜도 피해를 입을 사람이 별로 없다는 거다.

도로상의 시간표를 보면 학교에서 가장 가까이 있는 작은 동네에 가는 게 무려 편도 40분이다.

그러니 문제를 일으키러 가고 싶어도 멀어서 못 간다.

"야자를 강제로 시키는 이유도 알 것 같네요."

멀긴 하지만 그래도 일찍 보내 준다면 어떻게 될까?

술을 처마시고 담배를 피우고 사람을 패는 등 온갖 패악질을 다 할 것이다.

그걸 막기 위해서는 최대한 그들을 잡아 둬야 한다.

그리고 밤 12시쯤 되면 나가도 술을 사거나 담배를 사거나 할 곳도 없고 사람도 안 다닌다.

거기에다 학생들의 입장에서도 피곤해서 빨리 가서 자고 싶을 것이다.

"허, 이런 놈들이 있을 줄은 몰랐네요, 진짜."

"자랑스러운 일은 아니지 않습니까?"

그러니 이 지역에서도 쉬쉬할 수밖에.

애초에 이런 놈들이 여기에 있다는 것 자체가 지역으로서는 창피할 수밖에 없다.

"반대로 말하면 이 지역이 그다지 상황이 좋지 않다는 걸 의미하지요."

학교의 설립은 허가를 받아야 한다.

그런데 저런 학교를 허가해 줬다는 것은 이 지역이 그다지 돈 나올 구멍이 없다는 걸 의미한다.

"저들일까요?"

고문학은 심각한 표정으로 물을 수밖에 없었다.

마음 한구석에서는 설마 그래도 아직 어린 학생들인데 그렇게까지 했겠느냐는 생각도 든다.

하지만 오랜 시간 뒷세계에서 일한 그이기에 도리어 학생이기에 그럴 수 있다는 생각도 든다.

한국의 청소년 보호법 때문에 학생들에게는 제대로 된 처벌이 이루어지지 않고 있기 때문이다.

"상황을 봐서는요."

노형진은 한숨을 푹 쉬며 말했다.

"고 팀장님도 아시지 않습니까? 때로는 성인보다 더 잔인한 놈들이 아직 어린 학생입니다."

"그건 그렇지요."

노형진의 말에 고문학은 고개를 끄덕거렸다.

단순히 자기에게 인사하지 않는다는 이유로 후배를 납치하여 수일간 온갖 고문을 하고 죽이는 게 지금 학생들이다.

그런데 학생이라는 이유로 몇 년 살지도 않고 나오는 게 현실이다.

"학생이라고 하지만 그래서 더 조심스럽게 움직여야 할 겁니다. 분명 우리가 사건 조사를 시작하면 학교 차원에서 어떻게든 사건을 은닉하려고 할 테니까요."

실종된 사람의 생사 같은 걸 학교에서 신경 쓸 리가 없다.

오로지 자기 명예 같지도 않은 명예만 신경 쓴다.

심지어 학생이 학생을 때려죽여도 어떻게든 축소하려고 하는 게 학교다.

"이번에는 진짜 조심스럽게 움직이도록 하지요."

노형진의 말에 고문학은 고개를 끄덕거렸다.

악마의 종자들

"어, 춥다."

노형진의 호출을 받고 달려온 오광훈은 은신처에서 숨은 채 움직이는 학생들을 바라보았다.

"자라나는 새싹을 보니 아주 흐뭇하구먼."

"새싹?"

"그래. 잘 자라서 우리 조직도 좀 키우고 그래서 감방도 좀 채워 주고 그래야 하지 않겠어?"

"웃기는 소리 하지 말고. 어떻게 생각해?"

대안 학교 학생이라고 무조건 의심할 수는 없다.

당연히 그 안에서도 의심스러운 놈을 잡아야 한다.

"나는 3번 그룹 새끼들이 의심스러워."

"3번 그룹?"

"그래. 너도 봤지? 3번 그룹은 움직이는 데에도 일종의 위계가 있었어."

좋은 의미에서의 위계가 아니다.

위계란 계급을 뜻한다.

그런데 학생 사이에서 계급이라는 건 사실 있을 수가 없다.

"다른 애들은 서로 장난치면서 움직이더라고. 그런데 3번 그룹은 딱 일진 스타일로 움직여."

노형진이 오광훈을 부른 이유는 사건을 기소하기 위한 것도 있지만 폭력배에 대해서는 그만큼 잘 아는 사람이 없어서였다.

"아마도 그 녀석들이 학교 내에서도 일진일 거야."

"저기 학교, 아주 똥통이라니까?"

"그러니까. 일종의 전국 짱 같은 거지."

쓰레기끼리 모아 두면 그 안에서도 서열이 생기게 된다.

아니, 일진이라는 놈들이 애초에 서열 놀이에 이골이 난 놈들이라 서열이 생기지 않으면 그게 이상한 일이다.

"그리고 내 경험상, 이런 학교의 선생들은 애들이 뒈지든 말든 신경도 안 써."

"그걸 어떻게 알아?"

"내가 공부를 잘했겠냐?"

"하긴."

그도 어려서부터 폭력배가 되어서 굴러다녔다.

그걸 생각하면 그도 멀쩡한 학교 출신일 가능성은 낮다.

"그리고 내 생각에는 그 여자, 살아 있을 가능성이 높아."

"응? 그게 무슨 말이야?"

노형진은 단순히 폭력 조직에 관한 의견을 듣기 위해 오광훈을 불렀다.

그런데 오광훈은 전혀 생각지도 못한 의견을 내밀었다.

"아직 살아 있다고? 벌써 1개월 전인데?"

"학생이니까."

"하지만 깡패 새끼들이지."

노형진의 말에 오광훈이 코웃음을 쳤다.

"내가 그런 새끼들 한두 번 보는 줄 아냐?"

어른스러운 척하면서 온갖 가오는 다 잡고 애들을 때려서 돈을 뜯어내는 깡패들은 널리고 널렸다.

"하지만 사람을 죽이는 거? 그건 전혀 다른 문제다. 일진 새끼들이 조폭을 만나면 왜 쳐발리는지 아냐? 각오가 달라서야, 각오가."

조폭이 된다는 것 자체가 일단 일을 치르고 나면 감방에 가는 걸 각오해야 하는 일이다.

영화처럼 누구 대신에 감옥에 갈 수도 있고.

"그런데 있잖아, 내가 검사 노릇을 해 보니까, 저런 새끼들 각오가 조폭 각오 같아? 전혀 아니야."

그랬다면 대부분의 일진은 조폭이 되어야 한다.

하지만 그러지 못한다.

"딱 고등학교 졸업하고 청소년 보호법 바깥으로 나가는 순간부터 찍소리 못 하고 그냥 조용히 산단 말이지."

"그거야 그렇지."

노형진은 고개를 끄덕거렸다. 그게 저들의 행동이다.

하루 이틀 보는 것도 아니고, 일진이란 그런 존재들인 걸 노형진도 알고 있다.

"그런데 그런 말이 중요한 게 아니라, 너는 피해자가 살아 있다고 생각한다며?"

노형진은 사실 피해자가 이미 죽었으리라고 생각했다. 그래서 서두르지 않은 것이다.

하지만 살아 있다면?

그러면 이야기는 달라진다.

"왜 그렇게 생각하는 거야? 피해자가 살아 있다는 증거가 뭔데?"

"증거라기보다는, 저 새끼들은 발정 났으니까."

"응?"

"중삐리 고삐리 모르냐? 오입질할 기회만 있으면 눈깔이 뒤집어져. 특히나 저런 새끼들은 더해."

"이해가 가지 않는데?"

노형진은 뭔 소리인가 하고 오광훈을 바라보았다.

노형진도 중고등학교 시절을 겪어 봤고, 그 때문에 그 시절에 성욕이 치밀어 오른다는 건 알고 있다.

하지만 범죄를 저지르는 놈들은 극히 일부이며 그중에서도 강간하는 놈들은 최악 중에 최악이라는 것도 알고 있다.

물론 이곳에 있는 학생들 대부분이 질이 안 좋은 건 사실이다. 그래서 강간을 했을 수도 있다.

하지만 일반적으로 강간을 한 놈들은 당연히 강간 피해자를 죽이려고 한다.

그래야 자신이 처벌받지 않으니까.

"쯧쯧. 넌 고기도 먹어 본 놈이 먹는다는 말 모르냐?"

"이번 사건이랑 그거랑 무슨 관계인데?"

"쯧쯧. 저 새끼들이 오입질을 안 해 봤겠냐고."

오광훈은 혀를 끌끌 차며 말했다.

"하긴, 너 같은 범생이들이 그걸 알겠니?"

오광훈은 거친 학창 시절을 보냈다.

실제로 그는 일진 중 한 명이었고 그 후에 조폭이 되기도 했다.

그랬기에 그들의 생활상을 누구보다 잘 알고 있었다.

"일진들은 중학생만 돼도 같이 배꼽 붙여 가면서 논다. 얼마나 더럽게 노는지 모를걸. 그런 놈들이 이런 곳에 왔다고 해서 갑자기 성인군자가 될 것 같아?"

"무슨 소리인지는 알겠네."

오광훈의 말대로라면 저런 일진들은 도시에서 여자를 만나서 벌써 관계를 맺어 봤다는 소리다.

물론 그런 여자들은 대부분 업소녀나 똑같은 일진일 것이다.

"내 선배 중에 누가 해 준 말이 있어. 중이 고기 맛을 알면 절간에 빈대가 남아나지 않는다고."

물론 중도 고기를 먹는다.

사람들이 생각하는 것과 다르게 중이라고 해서 살생과 육식을 완전히 금하는 것은 아니다, 다만 최소한으로 줄이라는 것뿐이지.

어찌 되었건 여자와 관계를 가져 본 고삐리들이다.

그것도 한창 혈기 왕성해서, 여자라면 눈부터 돌아가는 어린놈들.

"근데 여기에는 '여자'가 없네?"

노형진은 아차 싶었다.

피해자에게만 집중하다 보니 확실히 그 부분은 감안하지 못했던 것이다.

이 지역에는 여자가 없다.

없을 수밖에 없다.

애초에 이 지역에 있는 여자들은 대부분 나이가 많은 할머니들이다. 젊은 여성은 거의 없다.

아마도 장채신이 거의 유일했을 것이다.

"그러면 그놈들이 장채신을 납치해서 감금해 뒀을 가능성이 높단 말이야?"

"내가 말했지? 저 새끼들은 청소년 보호법에 대해 누구보다 잘 알아."

당연히 걸려도 그다지 큰 처벌을 받지 않을 거라 생각한다.

물론 이 정도 사건이면 처벌이 강해질 수밖에 없지만, 일반인에 비하면 터무니없이 낮은 형량이 나올 수밖에 없다.

"그러면……?"

"그래, 내가 하고 싶은 말이 그거야. 이놈들은 장채신을 가둬 두고 자기들 성욕을 푸는 데 쓰고 있을 가능성이 높다는 거지."

"으음……."

노형진은 침음성을 흘렸다.

그건 미처 생각해 보지 못한 부분이었다.

'확실히 그럴 가능성도 분명 존재해. 저 어린놈들이 사람을 죽이는 게 쉬운 일도 아닐 테고.'

사람을 죽이는 행동은 인간성을 시험하는 일이다.

어지간한 사람은 타인의 죽음을 두려워하기 때문이다.

하물며 성인도 아니고 학생이, 일진이라지만 결국 정신적으로 성숙하지 않은 놈들이 사람을 죽여서 묻는다는 건 쉬운 일이 아니다.

"하지만 사이코패스일 가능성도 있지 않습니까?"

조용히 듣고만 있던 고문학이 걱정스러운 듯 말했다.

"사이코패스라면 어려서부터 사람을 죽여도 아무런 감정도 없을 겁니다."

노형진은 고개를 흔들었다.

"그럴 가능성은 낮습니다."

"어째서죠?"

"그런 놈들은 무리를 이루지 못하거든요."

사이코패스는 기본적으로 상대방, 아니 인간에 대한 최소한의 공감 자체가 불가능하다. 그렇다 보니 주변에 저렇게 사람이 모일 수 없다.

"물론 성인이라면 금전적 이득이나 사회적 이득 때문에 모일 수 있겠지만, 학생은 아니거든요. 만일 비교한다면 사이코패스보다는 소시오패스에 가까울 겁니다."

소시오패스는 공감도 떨어지지만 기본적으로 자기 합리화에 능해서 양심의 가책을 느끼지 않는다.

쉽게 말해서 사이코패스는 선천적인 문제로 그게 왜 잘못되었는지 모른다면, 소시오패스는 잘못되었다고 해도 그게 자기랑 무슨 상관이냐는 식이다.

"하지만 그 때문에 사이코패스는 혼자 움직이는 경우가 많습니다. 상대방의 의견을 구하고 합의하고 거래를 확정하는 게 쉽지 않으니까요."

하지만 소시오패스는 좀 다르다.

일단 상대방의 입장은 이해한다. 다만 절대 배려를 하지 않아서 그렇지.

"그래서 사업가들 중에는 소시오패스가 많은 편이지요."

상대방의 입장을 생각하지 않고 쉽게 밟아 버리니까.

"일진도 마찬가지라고 생각하시는 거군요."

"맞습니다."

노형진은 고개를 끄덕거렸다.

그런 소시오패스라면 일진, 그것도 진성 일진이 충분히 되고도 남는다.

"다만 살려 두었으리라는 건 생각도 못 했군요."

"네가 본 건 대부분 성인 범죄자잖아. 그렇지?"

"그건 그렇지. 성인 범죄자들은 극단적이니까."

"그건 애새끼들도 마찬가지지만, 기회가 다르지."

"하긴."

성인이라면 이동도 편하고 감시에서 벗어나기도 쉽다.

하지만 학생이라는 특성상 이동에 한계가 있고, 또 소위 똥통에 다니는 애들은 감시가 강할 수밖에 없다.

"그럼 저놈들을 족쳐서 찾아내면 되는 건가요?"

고문학은 당장이라도 전화기를 들고 사람을 부를 태세였다.

물론 불법이기는 하지만 사람 구하는 데 그 정도 불법은 각오하고 있었으니까.

"아니, 그건 좀 멍청한 짓인데…….."

"뭐라고? 그게 무슨 소리야?"

"요즘 애새끼들이 얼마나 영악한데. 입 열 것 같지? 절대 안 열어요."

입을 여는 순간 자신의 인생이 좆 친다는 것쯤은 충분히 알고 있을 것이다.

당연히 그놈들은 입을 열지 않는다.

"물론 시간이 좀 지나면 열 수도 있지. 하지만 그사이에 일이 터지면?"

"설마 그사이에 죽이기라도 한다는 겁니까? 고등학생이라면 그렇게 쉽게 살인을 하지는 못한다면서요?"

고문학은 우려 섞인 표정으로 물었다.

하지만 노형진은 그런 이야기가 아니라는 것을 알아차렸다.

"그게 아닙니다. 만일 장채신이 저 녀석들 손에 잡혀 있다면 당연히 갇혀 있겠지요."

"그런데요?"

"인간이 물도 없이 얼마나 버티겠습니까?"

"아…….."

인간에게는 물이 절대적으로 필요하다.

음식이 없어도 물만 있으면 3주까지는 버틴다.

극도로 고통스럽겠지만 말이다.

"하지만 물이 없으면 3주는커녕 사흘도 힘들 겁니다."

경찰에 신고하고 수사하고 그들을 체포하고 입을 열게 하는 데 시간이 얼마나 걸릴까?

"못해도 2주는 걸릴 겁니다."

그리고 입을 열게 하지 못하면 사실 처벌 자체도 못 한다.

아마도 저놈들이 고용할 변호사는 그걸 알 거다. 증거라는 게 전혀 없는, 오직 의심만 있는 사건이니까.

"유일한 증거는 증언뿐이겠군요."

"맞습니다."

설사 나중에 시체를 발견한다고 해도 그들과 엮을 수 있는 가능성이 얼마나 될까?

물론 운이 좋아서 유전자가 남아 있을 수도 있겠지만 그렇지 않을 가능성도 충분히 존재한다.

"오 검사의 말은 가능하면 빨리 찾아야 한다는 겁니다."

"어, 그런 게 아닌……."

오광훈이 뭐라고 하려는데 노형진은 그의 옆구리를 쿡 찔렀다. 그냥 가만히 있으라고 말이다.

아마도 오광훈은 시다바리가 가서 진짜 죽이는 걸 생각했을 것이다.

"그러면 어떻게 해야 하지요? 잡아서 고문할 수도 없고."

"당연히 구해서 증언을 얻어 내야지."

"그게 불가능하지 않습니까? 저 녀석들이 말할 리가 없는데."

오광훈이 피식 웃었다.

"날 믿어 봐요. 내가 저 녀석들의 머리 꼭대기에 있습니다, 후후후."

"저 녀석이라고?"

"그래, 저 녀석이야. 무리에서 서열이 높지도 낮지도 않은, 딱 중간쯤 되는 놈이지."

커다란 떡대를 가진 놈이 거들먹거리면서 교정을 걸어 다니고 있었다.

그리고 그 주변에 있는 애들은 그 떡대의 눈치를 살피고 있었다.

"그런데 확실해, 저놈이 알 거라는 거?"

"확실해. 너도 저런 새끼들이 사고 칠 때 꼭 집단 강간으로 번지는 거 알지? 왜일 것 같냐?"

"글쎄."

"저런 새끼들은 있잖아, 그 존재하지도 않는 우정이니 의리니 하는 걸 추앙하거든."

노형진은 피식 웃었다. 틀린 말은 아니니까.

조폭의 세계에서 우정이니 의리니 하지만 그런 건 애초에 존재하지 않는다.

그저 돈이 달린 비즈니스일 뿐이다.

아니, 그걸 강요받는다는 것 자체가 자신들이 그 안에서 칼받이라는 증거다.

진짜 상위에서는 서로 비즈니스로 엮이고 먹고 먹히는 게 조폭의 현실이다.

"하지만 일진 새끼들은 꼭 입으로 의리니 뭐니 하면서 같이 나누려고 하거든."

"그래서 집단 강간으로 번진다?"

"맞아. 일종의 공범을 만들겠다는 것도 있고."

"참신한 의견이기는 하다."

집단 강간을 하는 학생들에 대한 심리적 분석은 해 본 적이 없는 노형진이지만 오광훈의 말이 맞을지도 모른다.

그리고 저런 나이 때의 아이들 중 소위 일진들은 범죄를 추앙하는 경우가 많다.

그게 기존 질서에 대한 대항이라고 생각하고, 대항하는 자신들이 무슨 대단한 존재라고 여긴다.

하지만 노형진이 봐서는 그들은 대항하는 게 아니라 발악하는 거다.

자신과 사회에 대한 고찰조차 없는 무조건적인 대항이 무슨 의미가 있겠는가?

"어찌 되었건 서열이 너무 낮으면 아예 끼지 못하고, 서열이 너무 높으면 관련이 너무 심하게 돼서 쉽게 입을 안 열어. 내 경험상 그래."

"그러면 저런 놈은?"

"딱 그런 자리의 말석 같은 거야. 의리라고, 가서 강간에 끼워 주는 거지."

"흠……."

노형진은 차가운 눈으로 떡대를 바라보았다.

그는 능숙하게 다른 학생들을 부려 먹고 있었다.

"좀 웃기네."

"뭐가?"

"저기서 시다바리 하는 놈들도 다른 학교에서는 쫓겨날 정도로 일진 노릇 빡세게 하던 놈들일 거 아냐? 그런데 학교가 바뀌었다고 노예 취급이네."

"저런 새끼들이 사는 세계는 약육강식이야. 지면 먹히는 거지."

개처럼 처맞고, 거기에서 의지가 꺾이면 그대로 시다바리가 되는 거다.

현실적으로 다 같은 고등학생이라고 하지만 모범생이 많은 학교 출신의 일진은 결국 그 성향이 약해질 수밖에 없다.

싸움에 관한 기술과 깡은 싸울수록 늘어나는데 아무래도

모범생이 많으면 그럴 일이 적어지는 것이 사실이니까.

"중요한 건 저 녀석이 어떻게 입을 열게 하느냐는 건데."

오광훈이 고민하자 노형진이 '역시 너는 그 정도다.'라는 표정으로 물끄러미 바라보다 물었다.

"왜?"

"왜라니? 당연히 입을 열어야 어디에 가뒀는지 알아낼 거 아냐! 일단 잡아 두고 개 패듯이 팰까? 그러면 입을 열 것 같은데."

오광훈의 말에 노형진은 머리를 절레절레 흔들었다.

"아니, 정보 팀 두고 뭔 짓이야, 그게?"

"그럼 미행이라도 하리? 하지만 여기는 미행하기에는 지형이 영 안 좋은데?"

오광훈의 말이 맞다. 완전 개활지 논밭인지라 누가 따라붙으면 바로 알아차릴 수밖에 없다.

"아니, 그럴 필요 없어."

노형진은 시선을 돌려서 일진을 바라보았다.

그리고 시선을 천천히 돌렸다.

"우리가 찾는 놈이 저놈은 맞는 것 같지만 우리가 노리는 건 다른 사람이 될 거거든, 후후후."

노형진의 시선은 덩치의 옆에서 잔뜩 주눅 들어 있는 아이에게 향해 있었다.

"네?"

노형진은 잔뜩 주눅 든 아이를 보고 혀를 끌끌 찼다.

'확실히 일반적인 피해자랑은 좀 다르기는 하네.'

보통 학교 폭력의 피해자들은 왜소한 경우가 많다.

하지만 학교의 특성상 다 깡패 짓을 하다가 쫓겨난 아이들인지라 그래도 기본적인 덩치가 있는 편이었다.

'무슨 배틀 로열도 아니고.'

노형진은 혀를 끌끌 차면서 아이랑 눈을 마주쳤다.

그러자 잔뜩 주눅 든 아이는 눈을 돌렸다.

하지만 딱히 불쌍하지는 않았다. 누군가에게 했던 짓을 그대로 당하는 것뿐이니까.

그랬기에 노형진은 말도 곱게 안 나왔다.

"너 여기서 도움이 청할 곳 없다는 거 알지?"

"그게 무슨 말씀이에요?"

"알잖아. 이 학교로 올 정도면 이미 인생이 바닥인 거. 안 그래? 누가 너를 도와주겠어? 안 그러냐고?"

무지막지한 팩트 폭력이었다.

사실 틀린 말은 아니다.

여기서 두들겨 맞는다고 선생에게 말한다고 해결해 줄까?

일반 학교에서도 해 주지 않는 일을?

그럴 리가 없다.

더군다나 여기까지 오는 놈쯤 되면 교권 같은 건 신경도 쓰지 않는다.

실제로 재학생 중에는 담임을 두들겨 패서 온 놈들도 있다.

'학교의 존재 의의란 졸업장일 뿐이지.'

사람들은 안되면 검정고시라도 보면 된다고 생각한다.

하지만 현실적으로 이런 놈들이 검정고시를 본다고 합격할 능력이 될까?

당장 최소한의 미분 적분도 못 풀고 굿 모닝과 굿 이브닝의 차이가 뭔지도 모르는 애들이?

결국 고등학교 졸업장만 따면 되기에 선생들은 애들이 서로 싸우든 수업 시간에 떠들든 퍼질러 자든 신경도 쓰지 않는다.

"그렇다고 경찰에 신고하려고?"

경찰에 신고하면 어떻게 될까?

'한국 경찰의 특성상 절대 해결해 주려고 할 리가 없지.'

뻔하다. 애들은 싸우면서 크는 거라고 대충 메꾸고 말 것이다. 실적이 안 되니까.

부모? 부모야 다 포기했으니까 여기다 처박아 둔 것이다.

사실 전학시키려고만 했다면 다른 멀쩡한 학교를 찾아볼 수도 있었을 것이다.

이런 외진 곳에 전학시킬 정도면, 인터넷에서 다른 학교에 대한 자료를 찾는 건 어려운 일이 아니니까.

그럼에도 불구하고 장건 고등학교에 보냈다는 것.

그건 부모도 포기했다는 의미다.

딱 고등학교 졸업장만 따고 나오라고 보낸 셈이다.

"그러면 누가 도와줄까?"

아이는 잔뜩 움츠러들었다.

매일같이 두들겨 맞고 있다. 그나마 아버지가 주는 쥐꼬리만 한 용돈도 모조리 뜯긴다.

돈을 더 내놓으라고 매일같이 패는데, 부모는 자신의 과거를 알기에 절대 안 준다. 도리어 너는 더 당해 봐야 정신 차린다고 할 뿐.

"너, 지금 상황에서 벗어나고 싶지?"

"그런데 누구신데…… 저한테……?"

"난 노형진이라고 한다. 변호사지."

노형진은 자신의 명함을 내밀었다.

"너에게 기회를 줄 수 있어."

"기회요?"

"그래. 네가 간단한 거 하나만 해 주면 이 지옥 같은 상황에서 벗어날 수도 있지."

아이는 침을 꿀꺽 삼켰다.

다른 건 다 상관없다. 두들겨 맞지만 않았으면 좋겠다는 게 그의 생각이었다.

"제가 안 맞게 해 줄 수 있다고요?"

"그래, 간단해. 도움 하나만 주면 된다."

"어떻게요? 저기…… 제가 위험한 건 아니죠?"

혹시나 또 두들겨 맞게 될까 봐 벌벌 떠는 아이.

노형진은 그런 아이에게 뭔가를 건넸다.

"이건 뭐예요?"

작은 버튼처럼 생긴 물건.

손톱보다도 작아서 잘 보이지도 않는다.

"이걸 너 괴롭히는 아이 가방에 넣으면 된다. 그 덩치 이름이 뭔지는 모르겠지만."

"쫑대요?"

"쫑대? 이름이니?"

"아…… 아니, 그냥 별명이에요."

"그래, 하여간 그 쫑대라는 아이 가방에 이걸 넣으면 된다. 그 후에는 내가 알아서 하마."

"그거면 된다고요?"

"그래, 그거면 된다. 걸릴 일도 없고 위험도 없다. 그러면 그 녀석은 사라질 거다."

아이는 침을 꿀꺽 삼키고는 물건을 바라보았다.

"어쩔래?"

노형진의 말에 아이는 잠깐 고민하다가 잽싸게 물건을 낚

아챘다.

"진짜죠? 그냥 가방에 넣기만 하면 되는 거지요?"

"그래."

"아, 알았어요."

다른 조건은 바라지도 않는다.

자신을 괴롭히는 놈이 사라지기만 해 주면 그는 살 것 같았다.

"사라지는 거지요? 진짜로?"

"그래, 그러니까 잘 넣어 두렴."

아이는 그걸 가지고 재빨리 도망갔고 뒤에 남은 노형진은 피식 웃었다.

"제대로 작동하네."

노형진은 힐끔 모니터를 바라보았다.

핸드폰과 비슷하게 생긴 모니터.

그건 다름 아닌 신호 추적용 모니터였다.

"어떻게 이런 생각을 했냐?"

"어쭙잖게 경찰을 끼워 넣으면 일이 안 되거든. 전에 말했잖아, 경찰이 끼면 합법적으로 수사한답시고 일단 소환하고 거기에다 변호사를 사느라 난리도 아닐 거라고."

그게 못해도 사흘에서 닷새는 걸릴 일이다.

그 기간 동안 피해자가 죽을 가능성도 분명 존재한다.

"그러니 차라리 확실하게 추적하는 게 훨씬 낫지."

그 아이에게 줬던 것은 추적용 신호기다.

작기 때문에 어디 감추기 좋은 모델인데 그 아이는 쫑대라는 떡대의 가방 셔틀이었다.

쉽게 말해서 등하교할 때마다 가방을 들고 다녀야 하는 일종의 노예였던 아이다.

그래서 그 안에 신호기를 넣는 것은 어려운 일이 아니었다.

"그런데 오늘 가는 게 맞을까요?"

고문학은 걱정스럽게 말했다.

오늘은 확실히 평소에 다니던 길과 다른 길로 하교하기는 한다.

"확실합니다. 일단 그 가방 셔틀을 안 데려가니까요."

만일 합법적으로 어딘가 놀러 가는 거라면 가방 셔틀을 데리고 가지 않을 이유가 없다.

자기 노예니까.

심지어 나가서 먹고 마시고 노는 비용까지 모두 그 아이에게 뒤집어씌우니까.

"하지만 오늘은 혼자 나오더군요. 그건 즉, 그 아이를 데리고 가지 못하는 곳에 간다는 거지요."

노형진은 신호를 따라 천천히 움직였다.

"그런데 저놈들이 차를 어떻게 구한 걸까?"

"모르지. 아버지 차를 몰래 빼내 왔을 수도 있고 아니면 어디서 운전면허증을 훔쳐서 빌렸을 수도 있고."

어느 쪽이든 저들이 의심스러운 것은 사실이다.

"만일 아니라면요?"

"우리가 손해 볼 게 있나요?"

"하긴, 없겠네요."

만일 아니라고 해도 손해 볼 건 없다.

기껏해야 수사 기간을 손해 보는 건데, 현실적으로 그걸 제외한 다른 수사 방법은 완전히 막혀 있는 상황이다.

"그나저나 이 애새끼들은 진짜 악마의 종자들이네."

오광훈은 고개를 절레절레 흔들었다.

"나도 학교 다닐 때 일진이라고 모가지에 힘주고 다녔지만 이런 짓은 안 했는데."

"이놈들은 전국에서 모인 쓰레기들이어서 그래. 더군다나 요즘 애들이 얼마나 영악한데. 너도 알잖아?"

"하긴, 그건 그렇다."

옛날에는 애라고 해도 잘못하면 때려서라도 고치게 했다.

하지만 요즘은 애들이 인터넷을 통해 어설프게 법을 배워서 수틀리면 인권이니 어쩌니 하고 경찰서를 뒤집어서, 경찰도 손대길 꺼린다.

거기에다 청소년 보호법 때문에 제대로 된 처벌을 하지 않는 것도 사실이고.

"아, 너무 떨어졌네. 어서 가죠."

노형진은 움직이는 점을 따라 계속 직진으로 달렸다.

그 점은 어느 사이엔가 길을 벗어나서 산속으로 들어갔다.

"산속이라……. 거의 확정적인 것 같은데?"

"그런 것 같지?"

오광훈은 고개를 돌려서 다른 사람들을 바라보았다.

오광훈이 데리고 온 검찰청 수사관들이었다.

"경찰은 왜 안 부르고?"

"경찰을 부르면 또 뭔 지랄맞은 일이 벌어질 줄 알고. 이런 향토 경찰은 서로 붙어먹는 경우가 많아서 위험해."

물론 그들이 체포를 방해하거나 하지는 않을 것이다.

하지만 그들이 학교와 연결되어 있을 가능성이 높으니 경찰을 부르는 순간 소식은 학교로 들어갈 텐데, 학교에 들어가면 당연히 학부모의 귀로 들어갈 것이다.

"학교 폭력은 학생들의 문제이기도 하지만 부모의 문제이기도 하고."

부모가 제대로 된 사람들이면 아이들이 이 정도까지 망가지는 경우는 드물다.

대부분의 부모들은 학교 폭력이나 범죄가 벌어지면 사과하고 자식을 교육시키려고 한다.

하지만 이런 고질적인 놈들의 부모들은 도리어 피해자를 모욕하고 자기들이 정당하다고 생각한다.

"우리가 잡아가는 순간 변호사를 붙이고 무조건 입 다물라고 하겠지."

노형진은 그렇게 말하면서 뒤에서 따라오는 기자를 바라보았다.

"우리는 그 전에 언론에 뉴스를 올리고 이슈화해야 해. 그래야 그나마 제대로 된 처벌이 가능할 거야."

"그게 말이나 돼?"

"애석하게도 될 수밖에 없어. 현 상황에서 불리한 건 장채신이거든."

장채신은 불법체류자다.

구출되고 나면 일정 기간 치료는 받을 수 있겠지만 강제추방은 피할 수 없다.

"그리고 만일 이슈화가 되지 않는다면? 당연히 그놈들은 강제 추방하고 사건을 무마하려고 하겠지. 그에 따른 배상도 해 주지 않으려고 할 테고."

노형진은 그걸 알기에 그들이 대응하기 전에 사건을 전국적 규모로 키울 생각이었다.

"그러니 경찰은 배제해야 해."

"망할 짭새 새끼들."

오광훈은 툴툴거리면서 우두둑거리면서 몸을 폈다.

"내가 좀 밟아도 되지?"

노형진은 그런 오광훈을 슬쩍 바라보았다.

입으로는 허락받는 척 물어보고 있지만 오광훈의 손에는 이미 3단 봉이 들려 있었다.

들어가는 순간 두들겨 패겠다는 소리다.

"마음대로 해라. 언제 네가 내 말 들었냐?"

사실 노형진도 전혀 말리고 싶지 않았다.

이런 짓을 하는 녀석들을 과연 인간이라고 부를 수 있을까?

아이라고 하지만 아이가 아니다. 이건 악마 그 자체다.

'악마의 씨앗들.'

이들이 자라서 멀쩡하게 사회생활을 할 리도 없다.

도리어 더 많은 피해자들을 만들어 내고 더 많은 사람들의 영혼을 망가트릴 것이다.

'마음 같아서는 병신을 만들고 싶지만 그럴 수는 없고.'

노형진은 속으로 분노를 삼키면서 위치 추적기가 알려 주는 곳을 따라 올라갔다.

이윽고 그들이 도착한 곳은 산속의 버려진 산장이었다.

그곳에서는 여자의 비명이 들려오고 있었다.

"살려 줘요!"

애타는 비명에 모두 순간 흠칫했다가 바로 품에서 3단 봉을 꺼냈다.

"죽이지만 마."

오광훈은 으르렁거리듯이 말하고는 선두로 뛰어갔다.

그리고 그 뒤로 3단 봉을 든 수사관들이 뛰어들었다.

"어억? 뭐야!"

"뭐야, 이 새끼들!"

"야! 담가!"

막 뛰어들던 오광훈은 기가 막혔다.

"뭐야? 이 새끼들, 학생 맞아?"

그의 눈에 들어온 것은 서슬 퍼런 회칼을 들고 있는 학생들이었다.

말이 학생이지 조폭이나 마찬가지 아닌가?

"너희 어디 파야? 우리 천황파가 두렵지도 않나?"

"천황파?"

오광훈은 그제야 상황이 이해가 갔다.

이놈들이 꼴에 조폭 흉내를 내면서 범죄를 저지르고 있었던 것이다.

"지랄한다."

"너희 뭐야, 이 새끼들아!"

"검찰파다, 이 새끼들아."

"뭐? 그거 어디 파야? 신흥 조직이냐?"

"대가리를 돌로 만들었나? 검찰이라고!"

"이런 쌍!"

"튀어!"

몇몇은 상황이 엿 되어 버린 걸 알고는 도망가려고 했다.

하지만 오광훈이 그렇게 둘 리가 없다.

"누구 마음대로?"

"크억!"

옆으로 튀려고 하던 학생의 얼굴에 주먹이 날아갔다.

주먹에 얻어맞고 나뒹구는 아이를 보고 흠칫하는 학생들을 둘러보며 오광훈은 3단 봉을 꽉 쥐었다.

"무기 꽉 쥐고 있어라. 그래야 거기를 작살낼 수 있거든."

"이, 이런 씨바아악!"

몇몇이 고함을 지르면서 달려들었다.

하지만 이내 온 사방에서 비명이 터져 나왔다.

"아악!"

"살려 주세요! 살려 주세요! 잘못했어요!"

"엄마, 엉엉."

"엄마, 엄마!"

"아가리 꽉 물어! 어디 한 군데 안 부러지고는 여기서 못 나갈 줄 알아!"

"아악!"

처절한 비명이 들려왔지만 노형진은 굳이 들어가 볼 생각이 없었다.

그가 돌아보자 기자도 노형진을 마주 보며 말했다.

"음…… 아무래도 학생이 아니라 폭력 조직인 것 같네요. 회칼을 휘두르면서 검찰에게 저항하니 뭐, 방법이 없겠어요. 저런 상황이면 어디 한 군데 안 부러뜨리면 제압 못 하죠."

그도 같은 마음인 모양이었다.

그렇게 두 사람은 한참을 침묵을 지키며 어떠한 움직임도 보이지 않았다.

"어?"

어느 순간 갑자기 2층 창문에서 누군가 뛰어내렸다.

두 사람이 그게 학생이라는 걸 알아차린 건 금방이었다.

교복을 입고 있으니까.

"자, 잡아!"

노형진은 설마 2층에서 뛰어내릴 거라 생각하지 못했기 때문에 너무 깜짝 놀랐고, 그사이에 그 학생은 미친 듯이 산을 타기 시작했다.

"저런 미친!"

다급하게 뒤에 있던 고문학과 몇몇이 따라가기 시작했지만 그를 멈출 수는 없었다.

얼마나 자주 산을 탄 건지, 그 속도는 실로 어마어마했다.

"저 새끼 뭐야!"

"저거 그 대장 놈 같은데, 헉헉."

뒤를 쫓다 보니 그를 알아볼 수 있었다.

몇 번이나 봤던 녀석이니까.

"헉헉헉."

이쪽은 숨이 턱 아래까지 차올랐지만 도무지 놈을 따라잡을 수 없어 그들은 결국 뒤로 처져 버렸다.

"젠장!"

"헉헉…… 그만 따라갑시다. 어차피 독 안에 든 쥐니까."

신분은 이미 드러나 있다.

도망친다고 해도 대한민국 어디로 도망치겠는가?

"일단 가서 희생자를 구하고……."

노형진이 막 다시 돌아가려고 하는 순간 앞쪽에서 찢어지는 비명이 들려왔다.

"으아아아아!"

혹시나 하는 마음에 노형진은 움직이지 않는 다리를 움직여서 다시 산을 올라갔다.

그리고 그곳에서 족히 30미터는 되는 낭떠러지를 발견했다.

"저건?"

아마도 생각 없이 도망가다가 미처 낭떠러지를 발견하지 못하고 아래로 떨어진 모양이었다.

"죽었나?"

바닥에 누워서 꼼짝도 하지 않는 대장 놈.

그 뒤에 따라온 기자는 나지막하게 중얼거렸다.

"콱 뒈져 버렸으면 좋겠는데."

"그러면 저도 좋지요."

노형진은 입맛을 다시면서 핸드폰을 꺼냈다.

일단 구급 헬기를 부르기 위해서였다.

그런데 그 순간 고문학이 갑자기 노형진의 손을 잡았다.

"변호사님."

"네?"

"10분. 딱 10분만 기다리면 안 됩니까?"

노형진은 슬쩍 시선을 돌렸다.

바닥에 떨어진 가해자 주변으로 퍼져 나가는 붉은 피.

아마 10분이면 과다 출혈로 죽을 것이다.

"10분이면 됩니다. 우리가 늦었다고만 하면……."

고개를 돌려서 기자를 바라보는 노형진.

기자 역시 핸드폰을 꺼내려고도, 사진을 찍으려고도 하지 않았다.

그저 노형진의 손에 들린 핸드폰만 물끄러미 바라볼 뿐.

"10분이면 많은 일이 벌어질 시간입니다."

"압니다."

고문학은 진지하게 고개를 끄덕거렸다.

"그리고 10분이면 우리가 악마가 되기 충분한 시간이지요."

"하지만 노 변호사님은 우리가 스스로 더러워질 각오가 없다면 청소도 못 한다고 하시지 않았습니까?"

이것이 법이다

"나 스스로 더러워지는 것과 내가 악마가 되는 건 전혀 다른 겁니다."

"하지만……."

여전히 미련을 버리지 못하는 고문학.

그러나 이어지는 다음 말에, 그는 노형진의 손을 놓을 수밖에 없었다.

"그리고 이렇게 죽는 건 너무 가벼운 처벌 아닌가요? 고통은 지속되어야 복수의 의미가 있는 겁니다. 한순간의 죽음은 때로는 자비지요."

물론 죽게 놔둬도 된다.

아니, 지금 당장 헬기를 불러도 살 수 있을지는 불확실하다.

"법이 정상적이지 않다는 건 압니다. 하지만 그보다 더한 고통을 줄 방법은 많습니다. 미군은 전범들이 자살하는 걸 가만두지 않았습니다. 심지어 사형 대상자라고 해도 무슨 수를 써서라도 살려 내서 형을 집행했습니다."

"……."

이어지는 노형진의 말에 두 사람은 아무 말도 하지 못했다.

"악마의 종자가 세상을 더럽힐지도 모릅니다. 하지만 그가 편하게 죽는 것은 누구도 바라는 결말은 아닐 겁니다."

"알겠습니다."

고문학이 손을 떼자 노형진은 119에 전화해서 헬기를 불렀다.

그러는 사이에 오광훈이 다가왔다.

"피해자는?"

"여자 수사관한테 맡겨 놨다. 상태가 좋지 않아서."

오광훈의 눈썹 끝이 치켜 올라가는 꼴을 보니 진짜 상태가 좋지는 않은 모양이었다.

"가해자 새끼들, 최소 반병신은 만들고 싶었지만 참았다. 사실 진짜 마음 같아서는 죽여서 여기에 묻어 버리고 가고 싶지만."

"그럴 수는 없다는 게 문제지."

노형진은 씁쓸하게 웃었다.

"때로는 법이 싫어진다니까."

노형진의 말에 모두들 어쩔 수 없다는 듯 고개를 끄덕거릴 뿐이었다.

⚖️

그들이 어떻게 손을 쓰기도 전에 기자가 바로 뉴스를 내보냈다.

강간 가해자만 무려 마흔여덟 명.

그중 현장에 있던 스물두 명이 체포되었다.

장채신은 구출되어서 병원으로 이송되었고, 한 달에 걸친 강간과 구타 그리고 영양실조로 오랜 시간 치료받아야 한다는 진단이 나왔다.

국민들은 분노했고, 가해자들을 죽여 버리라는 요구가 인터넷을 가득 메웠다.

"하지만 죄다 고삐리들이라 금방 풀려나겠지."

툴툴거리는 오광훈.

"아, 씨발. 그 청소년 보호법인지 애새끼 보호법인지, 없애면 안 되냐? 저런 애새끼들을 가만둬?"

청소년 보호법상 최대의 처벌은 10호 처분이다.

그게 고작 소년원에서 장기 보호 2년이다.

한 여자를 납치하고 인생을 망가트린 놈들에게는 별거 아닌 처벌이다.

오죽하면 같은 반 친구를 죽인 놈이 사람 한번 죽여 볼 만하다고 자랑스럽게 인터넷에 쓰겠는가?

"엄밀하게 말하면 청소년 보호법을 없애는 게 아니라 청소년 보호법을 개정해야지."

"개정?"

"그래. 확실히 아직 어린 학생이니까 실수할 수는 있어. 하지만 그건 진짜 실수인 부분에나 적용해야지. 하지만 현행법은 실수가 아닌 강력 범죄까지 묶어서 적용하니까 문제인 거야."

실수로 도둑질을 하는 거?

이해할 수 있다.

사춘기, 질풍노도의 시기, 세상에 대한 반항?

그것도 이해할 수 있다.

그런 거라면 청소년 보호법의 적용을 받아도 사람들이 뭐라고 하지 않는다.

"하지만 상당수 사건들은 그 정도로 강력한 건 아니니까."

"으음……."

"청소년기에는 단순 도벽도 제법 많아. 청소년 보호법은 없애야 하는 게 아니라 강력 범죄에는 해당되지 않게 고쳐야지."

강간이나 살인, 강도, 중상해 등 누가 봐도 고의성이 강한 범죄들은 강하게 처벌해야 한다.

하지만 그게 안 되니까 문제인 것이다.

"차라리 조폭을 운영해서 담그게 하는 게 속 편하겠다."

"그래도 뭐, 벌이라는 게 있는 것 같기는 하더라."

그렇게 도망가다가 떨어진 대장 놈은 결국 목 아래는 전부 마비라는 판정이 나왔다.

목숨은 건졌지만 목 아래로는 회생 불가 판정을 받음으로써 평생 육체라는 감옥에 갇힌 꼴이 되어 버렸다.

아니, 그것보다 더했다.

추락의 후유증으로 복합 부위 통증 증후군이 생겼으니까.

복합 부위 통증 증후군은 이유를 알 수 없는 통증이 계속 생기는 병이다.

그 강도가 어마어마해서 사람이 겪을 수 있는 최악의 고통인데, 진통제도 통하지 않는다고 한다.

심지어 불에 타는 고통보다 심하다고 하니까.

"지금도 매일같이 죽여 달라고 빈다던데?"

"거기서 죽었으면 편하게 갔겠네. 안 죽은 게 다행이네."

오광훈은 짜증 난다는 표정으로 말했다.

"그런 것 같기는 하다, 후후후."

애초에 주범도 그 녀석이었다.

늦은 시간에 집에 가는 길에 몇 번 장채신을 보고는 아버지 몰래 차를 끌고 나와서 납치에 쓴 것이다.

산속에 있던 집은 일진들이 발견한 곳이었는데 그곳이 그들의 아지트였다.

"하지만 다른 놈들이 마음에 안 드는군요."

고작 2년. 그 후에 그들은 풀려나서 정상인처럼 행동할 테니까.

"민사가 남기는 했지만."

사실 민사로 배상금을 받아 낸다고 한들 피해자의 망가진 인생이 돌아올까?

그녀는 당장 죽기를 원할 정도로 망가졌는데?

"지금은 안 되겠지만 언젠가는 해결책이 나오겠지."

"언제?"

"글쎄, 그건 알 수 없지. 하지만 악마들에게 대항하는 법이 언젠가는 나오지 않겠어?"

노형진은 그저 그때가 빨리 오기를 기다릴 뿐이었다.

이상 징후?

"이상해."

노형진은 뉴스를 보면서 고개를 갸웃했다.

"뭐가?"

"아니야."

오광훈이 물었지만 노형진은 길게 이야기하지 않았다.

오광훈이 비록 노형진처럼 죽었다 살아난 사람이지만, 둘은 좀 다르다.

노형진은 과거로, 오광훈은 미래로 왔다.

더군다나 오광훈은 다른 사람의 몸으로 깨어났다.

그에 반해 노형진은 그대로 자신으로 깨어났고 말이다.

그래서 최근에 노형진이 겪고 있는 일에 대해 그다지 잘

느끼지 못할 것이다.

'확실히 이상해. 역사가 바뀐다고 생각했는데.'

많은 부분이 바뀌었고, 특히 한국은 대통령조차도 바뀌었다.

그래서 비극이 없을 거라 생각했다.

'하지만…… 겹치는 부분이 있어.'

물론 노형진이 모든 걸 막을 수 있는 건 아니고, 또 역사라는 게 노형진의 마음대로 움직이는 것은 아니다.

가령 온 국민에게 트라우마를 안겼던 사건을 노형진이 막는 데에는 성공했지만, 현 정권과의 친밀했던 관계가 틀어지면서 결국 해당 기업은 쓰러져 버렸다.

그 사건이 없었다면 그 기업은 쓰러지지 않을 것 같았는데, 전혀 다른 사건으로 엮이면서 똑같은 결과가 초래되어 버린 것이다.

그 기업의 회장은 결국 아파트에서 투신자살로 생을 마감했고, 정부에서는 그곳을 영혼까지 털고 있다.

'이해가 안 가.'

물론 세상일이라는 게 그럴 수는 있다.

하지만 요즘 들어온 정보는 그게 아닌 듯했다.

'대통령이 뭔가를 감추려고 한다.'

그게 뭔지는 모른다.

그런데 지금 정부에서 보이는 모습은 철저하게 지난 회귀 전의 모습과 똑같았다.

사실 노형진이 정부에 여러 차례 엿을 먹이긴 했다.

반대로 말하면, 결국 정부가 자정작용을 할 수 있는 기회를 줬다는 의미이기도 하다.

그런데 어째서인지 현 정권은 자정은커녕 더 빠르게 부패했고, 심지어 뭔가를 감추고자 하는 모습이 확연하게 드러나고 있었다.

"이해가 안 가."

노형진은 그렇게 중얼거리면서 뉴스에서 눈을 떼지 못했다.

거기에서는 뜬금없이 일본에 굴욕적인 외교를 한 한국의 모습이 보이고 있었다.

상식적으로 현 한국이 그럴 이유가 없다.

노형진이 일본의 힘을 많이 빼 놨고 일본 정부를 뒤흔들어 놨다.

정상적인 정치 관계에서 이런 힘의 역학이라면 일본에 끌려다닐 이유가 없다.

그런데 어째서인지 현 정권은 거의 노예처럼 일본의 요구를 다 받아들이면서 굴욕 외교를 자청하고 있었다.

심지어 일본군 성 노예에 대한 굴욕 외교까지 그대로 진행되고 있었다.

그나마 달라진 건, 지난 생과 다르게 이번에는 노형진이 눈치 빠르게 알아채고는 이슈화시킨 덕에 밀실에서 자기들끼리 사인하는 걸 막는 데 성공했다는 정도라고 할까?

'내가 바꾼 게 부족한가? 아니면 내가 모르는 뭔가가 있는 건가?'

하지만 아무리 생각해도 그가 부족한 건 아니었다.

그게 부족했다면 누구도 세상은 못 바꾼다.

"후우."

"밥 먹으면서 한숨 쉬는 거 아니다."

"네가 내 고민을 알겠니?"

"내가 알 게 뭐냐?"

노형진은 슬쩍 오광훈을 바라보았다.

하긴, 그는 복잡한 것에 대해서는 생각하지 않는다. 다만 본능적으로 움직일 뿐이다.

"말을 말아야지."

노형진은 결국 투덜거리면서 수저를 들었다.

당장 고민한다고 해서 뭐가 바뀌는 건 아니니까.

"이해가 안 가네."

노형진은 아무래도 뭔가 있다는 생각을 지울 수가 없었다.

그리고 그의 그런 이상하다는 생각은 전혀 엉뚱한 곳에서 날아온 질문으로 노형진을 폭풍 속으로 끌어들였다.

⚖️

"자네는 운명이 있다고 생각하나?"

"네? 무슨 말씀이신지?"

"운명 말이야."

뜬금없이 안 보살이 노형진을 불렀다. 그래서 노형진이 오광훈과 함께 그를 찾았는데, 자리에 앉자마자 그가 던진 질문이 그거였다.

"어…… 잘 모르겠습니다."

죽었다 살아나기까지 했던 노형진이다.

뭔가 존재한다 하지 않는다를 섣불리 말하기는 확실히 애매했다.

만일 전이라면 운명은 만드는 것이라는 소리를 했겠지만, 요즘은 피할 수 없는 운명도 있는 거 아닌가 하는 생각이 들곤 했다.

"그러면 운명이라는 게 어디까지 있는 것 같나?"

"네?"

"운명이라는 게 어디까지 있느냐 말일세. 인간에게만 해당되는 걸까, 아니면 다른 것에도 해당되는 걸까?"

"글쎄요, 저도 그런 건 잘……."

흐지부지 말하는 노형진.

안 보살은 노형진이 제대로 대답하지 못하자 피식 웃었다.

"인간이 모든 운명을 볼 수는 없지. 그게 가능하다면 미쳤을걸."

"그런가요?"

"그래. 하물며 나조차도 모든 운명을 보면 어찌 사누. 때로는 안 보이는 것이 더 편한 법이야."

"그런데 왜 그런 말씀을 하십니까? 누가 위험한 운명입니까?"

노형진의 말에 답하는 안 보살의 말은 참으로 묘했다.

"사람에게 운명이 있는데 국가라고 운명이 없겠나?"

"네?"

"세상은 사소한 건 신경 쓰지 않지. 하지만 거대한 흐름은 피하지 못하는 법이야."

"그게 무슨 말씀이신지?"

"이 땅의 왕이 바뀌어야 한다는 소리지."

노형진은 흠칫했다.

이 땅의 왕이 바뀌어야 한다는 말에 노형진의 머릿속에 드는 생각은 하나뿐이었다.

"그럴 만한 사람이⋯⋯."

박혜령. 회귀 전 이 시기의 대통령.

원래 역사에서는 몇 년 뒤에 탄핵당하게 된다.

하지만 노형진이 나선 덕분에 그 사람이 대통령이 되는 일은 없게 되었다.

여전히 정치하고 있고 주요 대선 후보로 지금까지 언급되고 있기는 하지만, 그렇다고 해도 그녀가 대통령이 될 가능성은 높지 않다.

애초에 노형진이 그 사람이 대통령이 되지 않게 하기 위해 얼마나 노력하고 있는가?

만일 그 사람이 대통령이 된다면, 노형진은 최악의 경우 정치와 거리를 두겠다는 신념을 버리고 직접적으로 정치계에 힘을 투사할 생각도 하고 있었다.

그러니 그 사람이 대통령이 될 가능성은 없다.

'일단은' 말이다.

하지만 다음 말에 노형진은 말문이 콱 막혔다.

"나라의 운명을 결정하는 게 한 사람만의 문제라고 생각해?"

"그건……."

그건 아니다.

지금은 왕정 시대도 아니고 그게 가능할 리가 없다.

물론 그 대통령이 엄청나게 문제를 많이 일으킨 것은 사실이고, 그 사람을 물고 빤 정치인들이 심각하게 문제가 많은 것도 사실이다.

하지만 그게 그들만의 잘못일까?

아니다.

그들을 뽑아 준 모든 국민의 잘못이기도 하다.

조제프 드 메르스트라는 프랑스 정치인이 한 말이 있다.

─모든 국민은 그 수준에 맞는 정부를 가진다.

그가 Lettre 76에서 러시아 헌법에 관해 토론하는 과정에서 나온 말이다.

다만 후세에는 그 말이 그 시대의 다른 유명 정치인 알렉시스 토크빌이 한 말로 잘못 알려져 있지만 말이다.

마치 맥아더가 한 '노병은 죽지 않는다. 다만 사라질 뿐이다.'라는 말이 그가 단독으로 만들어 낸 말이 아니라 원래는 그 시대의 군가 중 일부였던 것처럼 사람들에게 잘못 알려진 말 중 하나였다.

"어떻게 생각하나?"

"으음……."

노형진이 그 사람이 대통령이 되지 못하게 하기로 결심할 때 가장 고민했던 것.

그건 다른 건 몰라도 그 사람 덕분에 민주주의가 발전했다는 것이다.

그녀는 사정없이 민주주의를 짓밟았고, 국민들을 때려잡으며 어떻게든 통제하려고 했다.

그 덕분에 국민들은 잃어버린 민주주의에 대해 열광하고 그걸 되찾기 위해 촛불을 들었다.

그녀는 그걸 막기 위해 군을 동원하려고 했지만 그 전에 탄핵이 됨으로써 모든 게 정리되었다.

아이러니하지만 그녀가 민주주의를 빼앗았기에 국민들이 민주주의에 눈떠서 되찾기 위해 일어났고, 그래서 민주주의가 발전했다.

'아이러니라고 해야 하나?'

인간의 과학기술이 발전하는 시점이 과연 언제인가?

인류 역사에서 보면 전쟁 시에 가장 발전한다.

물론 전쟁은 나쁜 거다.

'하지만…….'

그녀가 대통령이 되지 않아서 대한민국이 바뀌었지만, 그랬기에 국민들은 잃어버린 민주주의에 대해 생각해 볼 기회조차 없었다.

홍안수 역시 국민들을 알게 모르게 탄압하는 것은 사실이나 조용히, 몰래 그렇게 하고 있기 때문에 사람들은 민주주의를 빼앗기고 있다는 걸 모르고 있다.

'하긴…… 그게 쉽지는 않지.'

언론을 탄압하는 게 아니라 언론을 포섭하고, 삼권분립으로 권력을 견제하는 게 아니라 권력을 나누는데, 국민들이 그걸 다 알기는 쉽지 않다.

회귀 전 대통령이었던 박혜령은 제대로 말도 못 하는 바보지만 지금의 대통령인 홍안수는 수십 년간 걸리지 않고 스파이 노릇을 할 정도로 똑똑하다.

"결과적으로 말하면 자네가 한 모든 게 다 맞는 건 아니란 말이지."

"하아, 애매하네요."

"새옹지마라는 말이 인간사에만 적용되는 게 아니지."

새옹지마는 새옹의 말이라는 뜻이다.

변방에 새옹이라는 노인이 있었는데 그의 말이 도망가자 그는 그게 복이 될 수 있다고 이야기했다.

그리고 실제로 그 도망간 말이 암말을 꼬셔서 왔고 사람들이 그에게 축하하자 그게 화가 될 수 있다고 했다.

결국 그 암말을 길들이려던 아들이 떨어져서 다리가 부러졌고 사람들이 새옹을 위로했는데 그는 다시 그게 복이 될 수도 있다고 이야기했다.

그리고 얼마 후 전쟁이 터져서 장정들이 죄다 전쟁터로 끌려갔지만 다리가 부러진 아들은 끌려가지 않아 목숨을 건졌다. 이 일화에서 인간사 새옹지마라는 말이 생긴 것이다.

'하긴…… 그건 부정할 수 없지.'

전 세계에서 유일하게 평화적으로 정권을 바꾼 촛불 시위.

기존 권력을 아무런 폭력 없이 바꾼 시위는 대한민국의 민주주의를 순식간에 발전시켰다.

물론 거기에 가면을 쓰고 기생하는 기회주의자들 역시 생기기는 했지만, 그 이후에 국민들이 잘못된 것에 대해 당당하게 잘못되었다고 말할 수 있는 능력이 생긴 것은 사실이다.

"운명이라는 게 그런 겁니까, 결코 바꿀 수 없는?"

"네놈의 운명은 네가 스스로 바꿀 수 있다고 생각하느냐?"

"그건…… 아닌 것 같네요."

죽었던 자신을 돌려보낼 정도의 운명이라면 과연 자신이 거기서 벗어날 수 있을까?

"하지만…… 그게 쉽지는 않을 겁니다."

노형진도 안다.

스스로 봐도 현 정권은 그가 회귀하기 전의 정권과 다를 바 없다.

아니, 더 나쁘다.

그럴 수밖에 없다.

대통령 말고는 그 당시 권력자들은 그대로다. 하물며 그때와 다르게 대통령은 똑똑하기 그지없는 사람이다. 그리고 유능한 사람이기도 하고 말이다.

'그게 문제란 말이지.'

누군가는 유능하기만 하면 조금 부패해도 상관없다고 이야기하곤 한다.

하지만 현실적으로 그건 헛소리다.

정치를 모르기 때문에 할 수 있는 말이다.

부패하고 유능한 사람은 그 유능함을 절대 남을 위해 쓰지 않는다.

오로지 자신을 위해 쓸 뿐이다.

한국의 정치 시스템은 부패하고 유능한 사람은 성공하기 쉬운 반면 바르고 유능한 사람은 성공하기 힘든 구조로 되어 있다.

권력 시스템이 워낙 공고하기 때문이다.

그걸 바꾼 게 그 탄핵 사건이었다.

'그런데…….'

탄핵이 이루어지지 않는다면?

아마도 한국은 천천히 침몰하는 배가 될 것이다.

"아, 씁…….."

노형진은 얼굴을 부여잡았다. 이건 생각지도 못한 부분이
다.

"그런 게 보이십니까?"

"아니면 내가 이 나이 먹고 심심해서 너를 불러서 수다나
떨고 있을까?"

"그러면 제가 어떻게 해야 하나요?"

"내가 어떻게 알아, 이놈아!"

"네?"

"네놈이 싸지른 똥은 네놈이 치워야지. 왜, 남이 싸지른
똥 치우는 데는 익숙하면서 네놈이 스스로 싸지른 똥은 못
치우겠어?"

"끄응…….."

하긴, 틀린 말은 아니다.

이건 그가 바꾼 역사고, 그 때문에 민주주의의 소중함을
깨달을 기회가 박탈된 것은 사실이니까.

"내가 해 줄 수 있는 건 여기까지다."

안 보살의 말에 노형진은 아무런 말도 하지 못하고 그저 한숨만 쉴 수밖에 없었다.

"탄핵?"

"그래, 탄핵. 아무래도 현 대통령을 탄핵시켜야 할 것 같은데."

"탄핵이 뭔데?"

"……."

노형진은 오광훈의 말에 이놈이 정상인가 하는 표정이 되었다.

그래도 명색이 검사다.

그런데 검사가 탄핵을 모르다니.

"헌법 안 보냐?"

"헌법? 아니, 그건 한번 보기는 했는데 그 뭐냐, 내가 형법이랑 다른 걸로 바빠서 말이지."

"끄응…… 내가 진짜 너 때문에 못 살겠다."

노형진은 툴툴거리면서 헌법을 찾아 그에게 내밀었다.

그걸 본 오광훈은 반색했다.

"드디어 네가 쿠데타를 일으키려고 하는 거구나!"

"장난해? 쿠데타를 내가 왜 일으켜? 그냥 대통령만 바꾸려는 거야."

노형진이 운명론을 무조건 믿는 건 아니다.

사실 아무리 운명이고 나발이고 해도 결국 제대로 굴러가기만 하면 노형진은 가만히 지켜본다.

하지만 현 정권에서 보여 주는 모습은 정상적인 행태는 아니었다.

내부에서 통제는 잘되는 것 같지만 정작 외부적으로는 상당히 흔들리는 모습을 보이고 있다.

'정상적이라면 위안부 관련 협의를 그딴 식으로 하지 못할 텐데.'

특히 일본과 미국에는 거의 노예 수준으로 굽실거리는 상황.

그걸 보면서 노형진은 슬프지만 한 가지 추측을 할 수밖에 없었다.

'약점이 잡혔다.'

그렇지 않다면 이렇게 저자세로 나갈 이유가 없다.

더군다나 현 대통령인 홍안수는 오랜 기간 자신을 감추고 스파이 노릇을 할 정도로 유능한 인간이다.

자기를 위해 유능해진다는 게 문제이기는 하지만, 이렇게 비굴 모드로 항복하다시피 조약을 맺는다는 건 그렇게 하지 않으면 안 되는 상황, 뭔가 불리한 점이 있다는 걸 의미한다.

"아, 씁……. 진짜 돌겠네."

정치적으로 약점이 있는 국가의 대표라는 건 아주아주 심각한 문제다.

그건 회귀 전 대통령인 박혜령의 행동과 그로 인한 정치적 결과를 보면 안다.

그 당시 박혜령은 일본의 총리를 상전처럼 모시며 결재를 받다시피 조약에 사인하고, 중국으로부터 어마어마한 보복을 받을 걸 알면서도 실익이 전혀 없는 미사일 배치를 받아들였다.

정치적으로 손해를 보는 건 답이 없는 수준이었고, 그 당시에는 그저 이상하다고 생각하고 말았을 일이지만 나중에 사실이 알려지고 난 후에야 사람들은 박혜령이 왜 그런 건지 알 수 있었다.

그녀 스스로 대통령으로서 능력이 되지 못해서 자신을 노예처럼 부리던 여자에게 국가를 통째로 가져다 바쳤던 걸 미국과 일본이 알고, 그걸 이용해 그녀를 좌지우지했던 것이다.

노형진은 홍안수가 대통령이 된 후에 최소한 그런 일은 없을 거라 생각했다.

하지만 더더욱 감추고 더더욱 은밀하게 진행되고 있기는 하지만 미국과 일본에 대한 굴욕적 외교는 여전했다.

"아무래도 이번 문제에 대해서는 확실하게 조사해야겠어."

노형진은 입술을 깨물며 말했다.

"별건 없습니다."

노형진은 로버트를 통해 최대한 정보를 모았다.

국가 단위의 정보전은 새론의 정보 팀으로는 한계가 있기 때문이다.

"별거 없다고요?"

"네, 깨끗합니다."

"깨끗해요?"

"네. 그런데 제 의견을 말씀드리자면, 너무 깨끗해서 도리어 의심스럽습니다."

로버트는 진지한 표정으로 말했다.

"현실적으로 정치를 하면서 더러운 행동을 전혀 하지 않을 수는 없습니다. 그런데 그런 게 전혀 안 보입니다. 물론 프락치로서 활동한 기록이 문제가 되기는 하지만, 그것 말고는 너무 깨끗합니다."

"논리적으로 말이 안 되는군요."

프락치가 깨끗한 정치를 한다?

그건 말도 안 된다.

"단순히 뇌물을 받은 건 저희가 모를 수도 있습니다만."

"그건 아닐 겁니다."

그런 걸로 일본이 막대한 이득을 얻을 리가 없다.

일본에서 쥐고 흔들고도 남을 만한 강력한 비밀이 있을 수밖에 없다.

"만나거나 하는 사람은요?"

"대통령 주변에 있는 사람들은 뭐, 자유신민당 출신이라는 것 빼고는 다 평범합니다."

정확하게는 죄다 정치인이고, 누구처럼 동네 아줌마는 아니라는 소리다.

'이걸 어떻게 한다?'

하긴, 국가 단위에서 관리하는 비밀에 접근한다는 게 쉬운 일은 아닐 것이다.

'그렇다고 내가 대통령한테 접근할 수도 없고.'

다짜고짜 대통령에게 다가가서 악수하면서 '당신의 비밀이 뭡니까?'라고 물을 수는 없는 노릇이다.

"다른 방법이 없는 건가요?"

노형진이 고민스러운 표정으로 묻자 로버트가 약간은 아쉬운 기색으로 말했다.

"미국 쪽에서는 정보를 얻을 수 없습니다. 그런데 그동안의 외교 상황을 보면 그 정보를 일본에서도 아는 것 같던데요. 혹시 일본 쪽은 알아보셨습니까?"

"딱히 알아보지는 않았습니다."

당장 일본은 노형진과 그다지 사이가 좋은 편이 못 된다.

노형진이 일본에 먹인 엿은 어마어마하니까.

대놓고 적대는 못 하지만 일본의 정치계와 재계에서 노형
진의 이미지는 아주 안 좋다.

"더군다나 그 정도 비밀을 어지간한 정치인들이 알 리가
없지요."

"그건 그렇지요. 상대방이 그래도 한 나라의 대통령이니,
급이 있어야 협박이라도 할 테니까요, 하하하."

당연하다는 듯 웃는 로버트.

그 말을 듣는 순간 노형진의 뇌리에 번뜩이는 아이디어가
떠올랐다.

"그렇지요. 급이 되어야 하지요."

노형진은 씩 웃었다.

"어쩌면 정보를 찾을 수 있을지도 모르겠는데요, 후후후."

⚖️

노형진은 정보를 찾을 방법을 고민했다.

그리고 그 대상은 어렵지 않게 특정할 수 있었다.

"반갑습니다, 아지모토 씨."

노형진은 반백의 남자의 손을 잡으며 인사했다.

"반갑습니다. 그런데 미스터 노가 어떤 일로 저희 쪽에 이
야기하러 오셨습니까?"

"아지모토 씨에게 부탁할 게 있어서요."

"저에게요?"

"네."

노형진은 일단 다른 말로 아지모토를 안심시켰다.

그가 무슨 생각을 하든 방심해야 관련된 기억이 쉽게 나오니까.

'뭔지 모르지만 협박이라는 건 창구가 필요한 법이지.'

그리고 그 창구라는 것은 사람이 높은 자리에 있을수록 적어질 수밖에 없다.

당장 대통령인 홍안수를 만날 수 있는 사람은 많고 내부에는 수많은 도청 장치가 있다. 심지어 모든 통화도 무조건 녹음하게 되어 있다.

그러니 그를 협박하는 건 결코 쉬운 일이 아니다.

'하지만 외교관이라면 이야기가 다르지.'

일본에서 대통령인 홍안수에게 위협을 가하기에 가장 좋은 방법은 당연히 외교관을 통한 압력이다.

외교관이 오는 경우 대통령이 녹음을 중지해 달라고 할 수 있기 때문이다.

더군다나 직접 면담이라면 전화상의 녹음도 걱정할 이유가 없다.

"미스터 노가 저에게 무슨 부탁을 하려는 건지 모르겠군요."

"정확하게는 제가 아니라 마이스터와 미다스의 부탁이지

요."

아지모토의 눈이 기대감으로 부풀었다.

노형진이 그쪽의 아시아 대리인인 건 알고 있다.

그런 만큼 그가 내미는 조건이 제법 달콤할 건 당연한 일
이다.

"뭘 원하십니까?"

"일본에서 은행업을 할까 생각 중입니다."

"일본에서 은행업을요?"

"그렇습니다. 일본이야말로 아시아 금융의 중심 아닙니
까? 당연히 거기에서 은행업을 시작해야지요."

물론 이건 즉흥적인 계획이 아니다.

장기적인 계획이고, 일본은 잘 모르겠지만 일본 경제를 흔
들 수 있는 가장 확실한 방법 중 하나다.

'하지만 허가를 받는 게 쉽지 않지.'

그래서 노형진은 아지모토를 만나러 온 것이다.

어차피 해야 하는 일이라면 누군가를 통해 뇌물을 주고 허
가를 받아 내야 한다.

'그리고 아지모토쯤 되면 제법 쓸 만한 배달부란 말이지.'

그 정도 되는 급이면 아래의 어중이떠중이들을 배제하고
위쪽에만 집중할 수 있다.

한국도 마찬가지지만, 일본은 한국보다 정치인들이 더 부
패했다면 모를까 결코 착하지는 않다.

그리고 성장하기 위해 노형진은 적당한 뇌물을 충분히 줄 생각도 있었다.

"하긴, 일본이 아시아 금융의 최전선인 건 사실이지요."

'웃기고 자빠졌네.'

물론 환율의 차이로 인해 일본 은행이 부자인 건 맞다.

하지만 여러 가지 문제 때문에 사실 일본 은행에 대한 믿음은 그다지 강하지 않다.

'그건 중요한 게 아니니까. 일단은 홍안수에 대해 알아내는 게 우선이지.'

노형진은 웃으며 아지모토에게 말했다.

"물론 그 과정에서 일본의 정치인들과 인사는 하고 지내야겠지요. 그런데 제가 아무래도 일본 쪽으로는 라인이 약해서요."

"그러시군요."

노형진이 슬쩍슬쩍 떡밥을 던지자 그걸 넙죽넙죽 받아먹는 아지모토.

당장 마이스터가 친하게 지내겠다는 건 금전 관계를 맺고 싶다는 뜻인데, 그 과정에서 일본 정치인들을 자신이 소개해 준다는 것은 그에게도 적지 않은 돈이 생긴다는 걸 의미하기 때문이다.

게다가 마이스터를 소개시켜 주는 것 자체가 자신의 권력이 될 수도 있기에 그의 얼굴에는 미소가 가득했다.

"그런데 한국에서는 은행업을 하지 않습니까? 마이스터

쪽은 한국에서 많이 활동하지 않았나요?"

당연히 나올 말이다. 노형진이 한국인이니까.

"아, 제가 한국에서 활동해서 그렇지 마이스터가 한국에서 그리 많은 일을 한 건 아닙니다."

"그런가요?"

"그리고…… 이건 기밀인데……."

노형진은 조용히 목소리를 낮췄다.

"현 대통령이 욕심이 과해서요."

"네?"

"홍안수 대통령 말입니다. 뭐, 다 아시지 않습니까? 욕심이 과합니다. 그것도 아주 과하지요. 사실 홍안수 쪽과 살짝 접촉해 봤습니다만, 너무 무리한 요구를 해 오더군요."

과도한 정치자금을 요구하는 홍안수 때문에 한국은 일단 나중으로 순위가 미뤄졌다고 이야기하면서 노형진은 아지모토의 표정을 슬쩍슬쩍 살폈다.

하지만 딱히 변화는 없어 보였다.

'하긴, 이 정도로 흔들릴 놈을 외교관으로 보내지는 않겠지.'

외교란 전쟁이다.

당연히 최고의 능력자를 보내는 게 정상이다.

한국처럼 대통령이 외교관더러 관광이나 하고 오라며 전문성도 없는 병신을 외국에 보내는 나라는 없다.

"그래서 일단 일본에서 시작하려고 합니다."

"좋은 생각입니다. 아시아에서 제일 발전한 곳이 일본 아닙니까?"

이런저런 공치사를 주고받으면서 분위기는 무척이나 좋아졌다.

하긴, 좋아질 수밖에 없다.

무슨 무리한 정치적 요구를 한 것도 아니고, 그저 일본 정치계 인물을 소개시켜 달라는 부탁일 뿐이니까.

"조만간 연락해서 자리를 확보해 두도록 하겠습니다."

"감사합니다."

노형진은 인사하면서 일어나 손을 내밀었다.

마지막으로 악수하자는 의미였다.

당연히 아지모토 역시 그 손을 꽉 잡았다.

그 자신에게 적지 않은 돈을 쥐여 줄 손이니까.

그리고 바로 그 순간이 노형진이 노리는 타이밍이었다.

"그런데……."

"네?"

"이런 말 하면 그런데, 일본에서는 현 한국 대통령인 홍안수 대통령을 어떻게들 생각합니까?"

"네?"

순간 흠칫하는 아지모토.

노형진은 곧바로 핵심을 찔러 들어갔다.

"아무래도 그가 욕심이 과해서 마이스터가 한국에서 사업하는 데 방해되고 있어서요. 그를 축출하거나 할 생각도 하고 있습니다만, 일본이 도움을 줄 수 있을까 해서요."

한 나라의 대통령을 축출하겠다는 황당한 말.

물론 다른 사람이 했다면 미친놈 소리를 들었을 것이다. 하지만 다른 사람도 아닌 마이스터와 미다스의 대리인인 노형진이 한 말이다.

그냥 넘길 말은 아니다.

"그건 좀…… 그렇군요. 그건 명백하게 한국에 대한 내정간섭이라서요."

"그런가요?"

"그런 말을 하는 이유가 뭡니까?"

"저희도 좋은 게 좋은 거라고 생각합니다. 제가 알기로는 홍안수가 일본과 꽤 친한 듯하더군요. 워낙 아랫사람들의 말을 듣지 않는 타입이라고 하지만, 맹방인 일본의 이야기라면 들어 주지 않을까요?"

"무슨 뜻인지 알겠습니다."

전쟁하기 전에 중재해 달라는 의미라는 걸 알아들은 아지모토는 고개를 끄덕거렸다.

"중재하도록 노력하겠습니다만, 그 이상은 한국에 대한 내정간섭이기에……."

"알겠습니다. 그 이상은 바라지 않습니다."

그렇게 말하면서도 노형진은 속으로 비웃음을 날렸다.

'내정간섭 같은 소리 하고 자빠졌네.'

자기들이 무슨 깨끗한 정치를 하는 것처럼 말하는 아지모토의 태도에 노형진은 속으로 치밀어 오르는 분노와 구역질을 참으며 웃을 수밖에 없었다.

이런 게 애국 마케팅이지

"뭐라고? 홍안수가 일본 스파이라고?"

"그렇습니다. 정보에 따르면 확실합니다."

노형진은 이를 박박 갈면서 말했다.

노형진은 홍안수가 일본과 접촉하려면 입이 필요할 거라고 생각했고, 그건 필연적으로 외교관일 수밖에 없다.

그래서 그의 기억을 읽었고, 그 결과 홍안수가 일본에 잡힌 약점이 뭔지 알게 되었다.

아니, 약점이라고 볼 수도 없었다.

애초에 홍안수는 일본의 스파이였기 때문이다.

"그게 가능해? 홍안수는 한국 사람 아닌가? 물론 현재로써는 친일파 성향을 가지고 있기는 하지만."

충격적인 소식에 송정한은 아찔한 기분이 들었다.

그렇잖아도 친일파라고 욕먹고 있는 홍안수다. 그런데 애초에 일본 스파이였다니?

"친일파와 스파이는 다르다는 거 아시지 않습니까?"

친일파는 일본을 편들고 일본을 추앙하는 놈들이다.

자발적일 수도 있고, 또 일본에서 돈을 받은 장학생일 수도 있다.

하지만 현행법상 그게 불법은 아니다.

국민에게는 사상의 자유가 있으니까.

"하지만 스파이라는 부분에 들어가면 이야기가 전혀 다르지요."

친일파가 단순히 그들을 편들고 그들에게 심적으로 동조하는 수준이라면, 스파이는 그들에게 충성을 바치고 정보를 빼돌리는 작자들이다.

"한국에 일본 스파이가 얼마나 많은지 아시죠?"

"끄응, 그렇지."

우호국이라고 하지만 한국과 일본은 사실 적성국에 가깝다.

다만 미국에서 친하게 지내라고 하니까 웃으면서 손잡고 있는 거지, 한국이나 일본이니 등 뒤에 한 손 숨기고 칼을 갈고 있는 상황이다.

적성국이 아니다 보니 스파이 색출을 적극적으로 하는 것도 쉽지 않고, 말은 장학생이어도 그들이 정보를 빼내서 건네주는 순간 스파이가 되어 버리는 셈이라 섣불리 건드릴 수도 없다.

"하지만 단순한 친일파가 아니라 스파이라니 그건 좀……."

"단순히 심적으로 정보를 주는 게 아닙니다. 홍안수는 일본의 스파이 명단에 적을 두고 있는 진짜 스파이입니다. 소속이 방위성으로 되어 있더군요. 코드네임이 백룡이랍니다."

"코드네임까지……."

송정한은 얼굴을 부여잡았다.

이건 심각한 문제다.

그렇잖아도 프락치로 대통령이 된 홍안수다.

그런데 이제는 일본의 스파이다?

"절대 그럴 리 없다고 부정할 수가 없는 게 무섭군."

당장도 한국 국회에서 나오는 기밀 중 상당수가 일본으로 흘러간다는 의심은 많다.

다만 국가적 분쟁의 문제로 건드리지 못하는 부분도 있다.

일단 그게 새어 나가면 일본과 한국은 전쟁을 피할 수 없는 수준으로 관계가 냉각될 테고, 아무리 미국이라고 해도 그걸 막기에는 한계가 있을 테니까.

'그래, 홍안수는 회귀 전에는 별거 아니었지.'

그저 그런 정치인들 중 하나였다.

하지만 노형진 때문에 역사가 바뀌면서 갑자기 치고 올라왔고 뜬금없이 대통령이 되어 버렸다.

"확실한 건가?"

"확실합니다. 이미 한국의 기밀은 대부분 넘어갔습니다."

"맙소사."

어쩐지 한국의 모든 노림수를 일본이 다 안다 싶었다.

노형진도 이상하다고 생각한 부분이 그거다.

대통령도 바뀌었고, 현재 일본은 회귀 전에 비교하면 엄청나게 약해졌다.

그런데 여전히 일본은 한국과의 협상에서 언제나 유리한 고지에 있었다.

"증거는?"

"그게 문제입니다. 워낙 감시가 삼엄해서 증거는 가지고 나오지 못했습니다. 다만 대통령의 진짜 실체와 코드명 정도만 기억해서 나왔다고 합니다."

물론 거짓말이다.

노형진이 아지모토의 기억에서 읽은 내용이다.

송정한은 노형진의 능력을 알기는 하지만 그걸 통제하지 못한다고 알고 있으니까.

"일본 스파이가 대통령이라고? 하, 젠장!"

"애초에 일본 장학생 제도의 궁극적 목표가 그거 아닙니까?"

"그건 그렇겠지."

한숨을 푹 쉬면서 소파에 기대앉는 송정한.

"언제부터인가?"

"기록에 따르면 그가 일본에서 유학할 때부터입니다."

"벌써 40년도 전 이야기 아닌가?"

"일본은 오랜 시간 한국에 공을 들였지요."

"끄응."

홍안수의 집안은 친일파 집안이며 상당한 부자다.

그리고 40년 전이라면 홍안수가 20대일 때의 이야기다.

그 당시 한국은 가난한 나라였고, 한국의 최고 지성인 서울대라는 대학도 전 세계적으로는커녕 아시아에서도 그다지 인정받지 못하던 시절이었다.

그 당시 홍안수는 집안의 지원으로 일본의 최고 대학인 동경대에 진학해서 공부했다.

"그 당시 한국인이 동경대에 들어간다는 건 기적에 가까웠지요."

지금도 반한 감정이 어마어마하지만 그때는 아예 한국인을 노예로 인식하던 시절이다.

그런데 성적으로 다른 학생들을 압살하고 동경대에 들어갔으니 엄청난 능력이기는 했다.

"아무래도 그때부터인 것 같습니다."

사실 대학 입시는 성적만으로 이루어지지 않는다.

면접이라는 부분이 있고, 한국인은 그 면접에서 무조건 걸

러졌다.

사실 홍안수가 공부를 잘해서 동경대에 들어간 것은 사실이지만 그가 대한민국 1등은 아니었다.

"학비를 지원할 수 있는 부유한 친일파 집안 출신의 골수 친일파라는 점이 면접에서도 좋게 받아들여졌겠지요."

장학생 형태로 계속 한국을 점령하려고 하던 일본으로서는 최고의 인재였던 셈이다.

"그러다가 대학 재학 시절에 아예 스파이로 들어간 듯합니다."

생각보다 재능이 뛰어났기에 방위성은 그를 포섭해서 정식으로 스파이로 받아들였다.

"끄응……"

그다음은 송정한도 알고 있는 일이었다.

그 당시 기술력이 떨어지던 한국에서 그는 일본과의 기술제휴를 통해 상당히 성공했고, 그걸 바탕으로 정치를 시작했다.

원래는 자유신민당에서 정치를 시작했으니 몇 년 가지 않아서 신념이 다르다는 이유로 민주수호당으로 당적을 옮겼다.

"스파이의 스파이라는 건가?"

"그렇습니다."

사실 그 당시에 일본에서는 한국에 기술제휴를 잘해 주지 않았다.

한국이 무섭게 일본을 따라가던 시절이었고, 일본은 극도의 호황기였기에 딱히 한국에 기술을 줄 이유가 없었다.

쥐 봐야 라이벌만 키우는 셈이고, 돈 받아 봐야 거품이 잔뜩 끼어 있는 일본의 그 당시 경제 사정을 생각하면 환율도 낮은 한국의 돈은 푼돈이었으니까.

"그리고 이번이 처음은 아닐 겁니다."

"그렇겠지."

수십 년간의 기다림 끝에 대통령까지 스파이로 넣은 일본이 그걸 포기할까?

그럴 리가 없다. 분명 다시 스파이나 친일파를 대통령으로 만들려고 할 것이다.

"그게 불가능하지는 않다는 게 문제지요."

한 번 했는데 두 번을 못 하겠는가?

"하지만 반대로 양날의 검이기도 하지요."

만일 이게 터지면 어떻게 될까?

아마도 조금이라도 일본에 우호적인 성향을 가진 사람은 출마도 못 하게 될 것이다.

당장 민주수호당이 그런 상황이다.

일정 부분 자유신민당 의견에 동조하던 의원들이 찍소리도 못 하고 있으니까.

"이걸 어떻게……."

노형진은 심각한 표정이 되었다.

이걸 공개할 수도 없고 공개하지 않을 수도 없다.

공개하고 싶다고 해도 증거가 없다.

증거가 없는 상황에서 아무리 떠들어 봐야 소용없다.

"한국의 기밀이 일본으로 넘어간 걸 증명하는 것도 불가능하겠지?"

"불가능합니다."

"더 큰 문제는 미국도 홍안수에 대해 알고 있다는 겁니다."

그리고 그걸 약점 잡아서 한국에 온갖 무리한 요구를 하고 있는 상황이다.

홍안수는 대부분의 부탁을 들어주고 있고.

'결국 거대한 흐름은 바꾸지 못한다는 건가.'

노형진은 입맛이 썼다.

민주주의를 제대로 얻기 위해, 웃기지만 지금 피를 흘려야 한다는 사실이 답답했다.

누가 그랬던가, 민주주의는 국민의 피를 먹고 자라난다고.

"이건 절대 기밀로 부쳐야겠군."

"네. 그리고 장기적으로 홍안수를 쫓아낼 방법을 강구해야 한다고 생각합니다."

"어떻게? 정치적으로 말한다면 현재로써는 답이 없네."

터진다면 이건 빼도 박도 못할 탄핵 사유이기는 하지만, 그만큼 강력한 증거가 있어야 한다.

하지만 그걸 구할 방법이 없다.

"압니다. 답답하기는 하지만요."

노형진은 긴 한숨으로 대답했다.

'하긴, 그 당시 생각해 보면 나라가 정상은 아니었지.'

회귀 전 일본과 한국이 전면적으로 붙은 적이 있었다.

일본에서 한국에 수출 금지를 시행하면서 시작된 일은 한국에 일본 세력이 얼마나 깊숙이 들어와 있는지 증명하는 일이 되었다.

일본을 위해 당장이라도 빌어야 한다는 놈들이 넘쳐 나고, 국회의원이 불매운동을 하는 한국인들은 미개한 짐승이라고 욕하기도 했을 정도니까.

심지어 대한민국 전 국무총리가 일본에서 욱일대수장이라는 훈장을 받기도 했다.

그 훈장을 받은 대표적인 인간들이 한국을 일본에 팔아먹은 을사오적이다.

을사오적이 받은 훈장은 훈1등 욱일동화대수장이다.

그리고 그 이름이 현대에 와서 바뀐 것이 바로 욱일대수장이다.

즉, 나라를 팔아먹을 정도의 공을 세우지 않으면 주지 않는 게 바로 욱일대수장이라는 훈장이다.

그런데 그런 훈장을 대통령의 비서실장과 전 국무총리까지 받을 정도이니, 말이 한국이지 사실 일본이 한국 정부를 지배한다고 봐도 무방한 지경이었다.

그 정도로 일본 세력이 깊숙하게 박혀 있는데 그중에서 대통령이 나오지 말라는 법은 없다.

"자네는 어떻게 할 생각인가? 그를 가만둘 생각인가?"

송정한은 답답한 듯 노형진에게 물었다.

마음 같아서 당장이라도 탄핵을 시켜야 하지만 그럴 수는 없으니까.

"일단은…….."

노형진은 잠깐 침묵을 지켰다.

그리고 조심스럽게 입을 열었다.

"레임덕을 불러일으키는 게 우선 아닐까요? 아니, 레임덕이라는 말도 안 맞겠네요. 정확하게 표현하자면 그를 식물 대통령으로 만드는 게 우선 아닐까 싶습니다."

"식물 대통령?"

"네. 대통령이기는 하지만 누구도 지지하지 않는 그런 대통령으로 말이지요."

"하지만 어떻게 말인가? 그게 쉬울 리가 없지 않나?"

대통령과 싸운다는 것. 그건 결과적으로 대한민국 전체와 싸운다는 것과 마찬가지다.

지금까지 그런 적은 단 한 번도 없다.

"그 부분에 대해서는 제가 생각해 둔 게 있습니다."

노형진은 이를 악물며 말했다.

"홍안수가 하는 기업인 부사홀딩스는 아주 잘나갑니다."

로버트는 노형진의 말에 다급하게 홍안수가 가진 기업에 대해 조사해서 가지고 왔다.

"대표가 현직 대통령인데 잘나가지 않을 리가 없지요."

노형진은 혀를 끌끌 찼다.

"하긴, 대기업은 아니지만 부사라는 라인이 제법 유명한 회사들이지요."

홍안수가 처음 세운 회사는 부사가전이다.

그 부사가전이 성공하자 부사연구소를 설립했다.

그리고 그 연구소에서 일본의 기술을 지원받아서 한국에 특허권을 중개하면서 막대한 수익을 올렸다.

부사가전 같은 경우는 한국에서 살아남은, 얼마 안 되는 중소 가전 기업이다.

마지막으로 부사머니가 있다.

"이건 뭐 눈 가리고 아웅 하는 것도 아니고."

국적은 한국이지만 자금이 일본에서 나오며 사실상 일본인 사채 회사인 건, 조금만 파면 나온다.

"그리고 세 개를 묶어서 관리하는 곳이 바로 부사홀딩스죠."

"그런데 왜 국민들에게는 알려지지 않았지요?"

"그가 부사홀딩스의 대표로 있었던 시기가 채 3개월이 안 됩니다. 그나마도 벌써 수십 년 전입니다. 전형적인 세탁입니다."

"당연히 주식은 죄다 홍안수가 가지고 있을 테고요."

"맞습니다."

세 개의 기업을 묶어서 부사홀딩스를 만들고 그 주식을 자신이 쥐고 있으면 거기서 고용한 경영인은 그저 허수아비에 지나지 않는다.

정치권에서 쉽게 쓰는 방법이며 또한 재산을 감추는 가장 확실한 방법이기도 하다.

"일단 홍안수는 정치에 입문한 후에 철저하게 기업인이 아닌 일반인으로 행동하고 있습니다. 그래서 그를 서민 출신이라고 생각하는 사람들이 많습니다. 실제로 그가 사는 주소지는 서민들이 살 만한 곳이고요."

"그건 저도 알고 있습니다."

그가 살던 곳은 고급 주택가가 아닌, 일반 서민들이 흔하게 살고 있는 주택가다.

"아주 치밀하더군요."

주소도 거기로 되어 있고 그곳에 사람이 사는 것처럼 꾸며 놨다.

심지어 지역 행사에 얼굴도 비쳤다.

"하지만 서초동의 320평 규모 주택이 부사홀딩스 소유로 되어 있습니다."

당연히 실거주는 거기서 했다.

사람들은 단순하다.

주소가 거기로 되어 있고 가끔 주변에 얼굴을 비쳐 주면 거기에 산다고 믿는다.

그래서 선거 당시에 그를 다들 서민 출신이라 생각했다.

"그래도 부사홀딩스를 가지고 있다는 게 문제가 안 된 게 이해가 가지 않는군요."

"부사홀딩스의 공식적인 주주는 제닉홀딩스입니다. 홍콩에 자리 잡고 있습니다."

"아! 검은 머리 외국인? 하긴 고전적인 전략이지요."

부사홀딩스의 아래에 있는 부사머니는 일본계 자본을 이용해서 돈을 버는 곳이다.

당연히 그곳이 걸렸다면 절대 대통령이 될 수 없다.

하지만 그 주식을 제닉홀딩스로 넘기고 그 주식을 다시 자기가 꽉 쥐고 있으면, 정부에서 어지간히 파기 전에는 절대 걸리지 않는다.

물론 일반적인 선거였다면 걸렸을 것이다.

하지만 그 당시 상황은 그게 아니었다.

"그 당시에는 걸릴 수가 없었죠."

민주수호당은 어떻게든 홍안수를 대통령으로 만들려고 했고, 자유신민당은 그가 프락치라는 걸 알기에 문제를 깊이 파고들려고 하지 않았다.

"흠…….."

"일단 이 세 곳이 핵심입니다. 그 외에 부사유통 등이 있지만 대부분 규모가 작고 적자입니다. 다만 급속도로 성장하고 있습니다만."

"대통령이 된 후겠지요."

"그렇습니다."

결국 세 개만 무력화하면 부사홀딩스, 아니 홍안수의 기업은 무너질 수밖에 없다는 소리다.

"하지만 이해가 안 갑니다, 미스터 노."

"뭐가요?"

"그는 대통령입니다. 그를 직접적으로 공격하지 못한다는 건 알겠습니다만, 그의 기업을 공격한다고 해서 그의 정치적인 부분이 무너지지는 않을 겁니다."

"글쎄요. 과연 그럴까요?"

노형진은 피식 웃었다.

그렇게 생각하기 쉽다.

국회의원도 아니고 대통령이다.

그가 가진 회사가 넘어간다? 그건 상식적으로 말이 안 된다.

"그래서 하려는 겁니다."

"네? 어째서요?"

"제가 반대로 묻죠. 대통령이 가진 회사가 절대 무너지지 않는 이유가 뭡니까?"

"그거야 당연한 거 아닙니까? 대통령이 그걸 가만두겠습니까?"

"맞습니다. 가만두지 않겠지요. 문제는 대통령이 그걸 합법적으로 할 수 있냐는 겁니다."

"아하! 합법적으로 할 수가 없군요."

대통령은 특정 기업이나 단체에 이익을 몰아주거나 특혜를 줘서는 안 된다.

설사 그게 자신의 기업이라고 해도 말이다.

하물며 홍안수의 부사홀딩스는 공식적으로는 홍안수의 회사도 아니다.

"우리가 합법적으로 공격하면 대통령은 그걸 막기 위해 수를 써야 합니다. 하지만 부사홀딩스가 커 봐야 얼마나 크겠습니까?"

사실 그들이 어느 정도 규모가 있긴 하지만, 마이스터도 필요 없이 노형진의 자산만으로 공격해도 못 버티고 넘어갈 것이다.

"당연히 홍안수는 다른 방법을 강구할 테지요."

"불법을 추적하기는 힘들겠지만 반대로 불법이 일어날 곳을 안다면 그 증거를 모으는 건 어렵지 않겠군요."

로버트는 바로 알아들었다.

홍안수는 어떻게든 자기 기업을 지키려고 할 것이다.

"그 증거를 모아서 들이밀면서 힘을 빼는 게 우선입니다."

"그러면…… 첫 번째 타깃은 정해져 있군요."

노형진은 고개를 끄덕거리면서 하나의 서류를 집어 들었다.

"부사머니. 이놈이 첫 타깃입니다."

부사머니. 공식적으로는 한국 기업으로, 제3금융권이다.

다른 많은 머니들과 마찬가지로 일본계 자금이 들어와서 활동하는 대부 업체다.

쉽게 말해서 국민들의 고혈을 짜내서 돈을 벌고 있는 거다.

"현재 부사머니의 연간 수익은 5천억 정도 되는 걸로 추정하고 있습니다. 그들이 유통하는 돈은 2조 정도 되고요."

"적지 않군요."

"홍안수가 대통령이 되고 나서 급성장했습니다. 사실 당연한 말이기는 합니다만."

홍안수는 나라 빚을 줄이기 위해 은행의 대출 심사를 강하게 조였고, 결국 대출을 받지 못한 서민들이 제3금융권으로 흘러갈 수밖에 없게 만들었다.

"개 같은 새끼들."

물론 나라에 빚이 넘쳐 나니 그걸 줄이는 건 당연한 일이다.

하지만 그랬다면 가장 먼저 줄여야 하는 건 주택 관련 대출이었어야 한다.

사실 국민 대부분이 빚을 지는 가장 큰 이유 중 하나가 주택 관련 대출이니까.

미친 듯이 올라가는 집값 때문에 어쩔 수 없이 대출을 받는 거다.

그런데 홍안수가 막은 건 주택이 아니라 신용 관련 대출이었다.

신용 관련 대출은 보통 사업이나 질병 등의 문제로 많이 발생한다. 말 그대로 급전이 필요한 사람들인 거다.

주택과 다르게 담보할 게 없어서 개인당 대출 금액 자체도 많지 않고 말이다.

"딱 3금융권에서 노리는 사람들이죠."

갑자기 병원비 등이 부족한 사람들은 어쩔 수 없이 제3금융권으로 갈 수밖에 없는 구조인 셈이다.

전 대통령이 대통령이 된 후에 갑자기 운전면허 간소화가 이루어진 거랑 비슷한 거다.

그리고 그 대통령은 자동차 관련 회사의 실소유주라고 의심받고 있다.

“일단 한국에서 대부 업체, 그것도 이런 제3금융권 대부 업체의 이미지는 좋지 않습니다. 더군다나 일본계 자금이라는 점에서 정치인들에게는 치명타나 마찬가지일 겁니다.”

　로버트의 말에 노형진은 고개를 끄덕거렸다.

　“아무래도 국민을 쥐어짠다는 이미지가 있지요.”

　그러니 홍안수에게 타격을 줄 만한 가장 확실한 카드다.

　“하지만 규모가 규모이다 보니 쉽게 공격할 만한 방법이 없습니다.”

　조 단위의 자금이 들어오는 기업이다.

　“비트코인을 팔까요?”

　노형진은 고개를 흔들었다.

　물론 지금도 비트코인의 가격은 제법 올랐다.

　하지만 몇 년만 지나면 지금의 가치와는 비교도 못 하게 오를 게 뻔한데 이 보물을 그냥 팔 생각은 없었다.

　“재건축으로 벌어들인 돈이 적지 않을 텐데요?”

　“그건 그렇습니다만.”

　노형진의 순수 자산뿐만 아니라 재건축 지역을 미리 싹쓸이해서 번 돈은 어마어마하다.

　“그 돈으로 좋은 일 하지요. 어차피 돈이 없어서 못 사는 건 아니니까.”

　“좋은 일요?”

　“우리도 사채업이나 합시다.”

"네? 사채요?"

"네. 우리도 제3금융권을 만드는 겁니다."

"그거야 어렵지 않겠습니다만……."

자금도 일본에서 2조 단위로 투입되긴 했지만 미다스의 자산을 조금만 투입해도 그 정도는 된다.

"하지만 그런다고 해서 부사머니에 타격을 줄 수 있을 것 같지는 않은데요."

"압니다. 그냥은 안 되겠지요."

"그러면요?"

노형진은 씩 웃었다.

"이럴 때 써먹으라고 애국이 있는 겁니다, 후후후."

노형진은 대출 회사를 세우기로 했다.

그런데 가장 먼저 선택한 것이 다름 아닌 크라우드 펀딩이었다.

물론 대출 회사를 크라우드 펀딩으로 세운다는 것은 사회적으로 욕먹을 수도 있는 일이었다.

더군다나 크라우드 펀딩 목표가 1천억이다.

누가 봐도 미친 소리다.

크라우드 펀딩 회사에서도 거부하려고 했지만 그 목적 자체가 나쁜 게 아니라서 결국 받아들였다.

물론 그 안에는 약간의 압력도 진행되었지만.

"펀딩 금액 1천억. 그런데 이게 필요한가요? 죄송합니다만 이건 진짜 한 줌도 안 되는 돈입니다."

노형진이 뜬금없이 크라우드 펀딩을 한다고 하자 로버트는 이해가 가지 않았다.

"평범한 크라우드 펀딩이라면 그럴지도 모르죠. 하지만 저는 다른 목적으로 크라우드 펀딩을 한 겁니다."

"어떤 목적 말입니까?"

"홍보죠."

"홍보?"

"시안입니다. 보시겠습니까?"

노형진이 준 서류를 받아 든 로버트의 눈이 살짝 올라갔다.

"펀딩에 참여하면 이자를 깎아 주신다고요?"

"네."

"허허."

로버트는 웃음이 나올 수밖에 없었다.

그럴 수밖에 없는 게, 펀딩의 목적이 너무나 확실했기 때문이다.

일본 사채로부터의 독립

일본의 사채 회사로부터의 독립을 위한 크라우드 펀딩을 시작합니다. 일본계 사채 회사들은 한국 국민들의 고혈을 짜서 자신들의 배를 채우고 있습니다. 이에 일본 자금으로부터의 독립을 이룩하기 위해 크라우드 펀딩을 시작합니다.

일본에 막대한 이자로 자금을 빼앗기지 않고 국내에서 국민들을 위한 금융을 하기 위해 국민들의 동참을 구합니다.

그렇게 시작된 안내문. 하지만 핵심 내용은 간단했다.

10만 원 이상 펀딩 자금을 넣으면 일본계 사채 회사에서 전환 상환하는 경우 추가로 1%의 이자를, 50만 원 이상 하는 경우 2%의 이자를, 100만 원 이상 펀딩하는 경우 3%의 이자를 내려 주겠다는 것이다.

"애초에 일본계보다 이자를 낮추려고 하지 않았습니까?"

"맞습니다. 현재 부사머니 같은 일본계 자금의 이자는 대부분 24%, 최고 이자율이지요."

하지만 노형진은 이자율을 18%로 낮췄다.

일본계는 쩐주에게 줘야 하는 돈이 있어서 불가능하지만, 오로지 자신의 자산만으로 투자하는 노형진에게는 어려운 일이 아니다.

"여기서 더 깎아 준다고 하면 어마어마한 이득이지요."

10만 원만 넣어도 1%를 깎아 준다.

그러면 기존 일본 금융보다 7%가 더 깎이는 것이다.

그런데 만일 100만 원을 넣는다면?

무려 3%다.

한 푼이라도 아끼고 싶은 게 사채에 시달리는 사람의 마음이다.

당장 1천만 원만 빌려도 1년에 이자만 240만 원이다.

서민들에게는 큰 부담이다.

"그런데 100만 원을 넣으면 이자가 기존보다 9% 깎이는 거죠."

즉, 1년 이자가 240만 원에서 150만 원이 되는 거다.

1년만 보면 부담일 수 있지만, 빌린 돈이 1천만 원을 넘거나 장기 대출일 경우는 훨씬 이득이다.

하물며 10만 원만 넣어도 1%다. 그건 무조건 이득일 수밖에 없다.

더군다나 이 대출 회사의 목적은 명확하다.

일본계 기업에서의 탈출.

"신규 대출은 하지 않을 겁니다. 무조건 일본계 기업에서 빌린 대출에 대해서만 상환 대출을 해 줄 겁니다."

조건은 일본계 기업에서 6개월 이상 대출 중인 사람들에 한한다.

일단 일본계에서 빌렸다가 싼 곳으로 갈아타기 위해 고의 대출을 하려고 하는 사람을 막기 위한 것도 있지만, 6개월 이전에 상환이 가능한 사람이라면 금전적으로 문제가 없기 때문이다.

"이러면 일본계 기업이 타격이 크겠네요."

자기들을 노리고 대출 상환을 하는 것이 빤히 보인다.

그런데 이게 불법은 아니다.

"다른 목적도 있지요."

"다른 목적요?"

"저도 퍼 주려고 하는 게 아니니까요."

"퍼 주는 게 아니라고요?"

"손해는 안 봐야 하지 않겠습니까?"

노형진은 실실 웃으며 말했다.

물론 손해를 감수하고 지원해 줄 수는 있다. 하지만 그랬다가는 끝도 없이 돈 먹는 괴물이 탄생할 것이다.

모럴 헤저드, 즉 도덕적 해이는 이쪽에서 약해지는 순간 생겨난다.

이쪽에서 마음 약하게 굴면 갚지 않으려고 할 것이다.

"받아 낼 건 받아 낼 겁니다. 하지만 이자는 줄여 주려는 거지요."

"그러면 대출해 주신다는 건?"

"대출 심사가 빡세질 겁니다."

이자가 낮은 만큼 대출 심사는 빡세게 할 것이다.

물론 은행만큼은 아니겠지만, 최소한 갚을 수 있는 능력과 그걸 갚으려고 하는 의지는 확인할 것이다.

"편리한 한 방 대출? 꿈도 꾸지 말라고 하세요."

이자가 낮은 대신에 대면 확인과 심리검사를 통해 상환 의지를 가진 사람에게만 대출이 나갈 것이다.

"기존 방식과 좀 다르군요."

"기존 대출은 쥐어짜기 위해 최대한 많은 사람을 움켜쥐려고 했으니까요. 하지만 우리는 양보다 질입니다."

상환 대출을 할 수 있는 사람들만 흡수할 것이다.

그 대신에 노력의 대가로 낮은 이자가 지급될 테고 말이다.

"무슨 계획인지 알겠습니다. 단순히 이자 놀이에서 이자를 빼앗는 게 목적이 아니신 거군요."

금융 전문가답게 로버트는 노형진의 계획을 쉽게 이해했다.

노형진은 그들로부터 우수 고객, 그러니까 상환을 잘하는 고객들을 빼 올 계획인 것이다.

"그렇게 되면 그쪽에는 상환하지 못하는 작자들만 남겠지요."

상환하지 못하는 사람들이 많아질수록 대출 회사는 타격이 점점 커질 수밖에 없다.

"우리 입장에서는 손해가 그만큼 줄어들고요."

일단 다른 일본계 기업에서의 상환 기록을 보면 어떤 사람인지 확실하게 알 수 있으니까.

이것이 법이다

"좋은 손님은 우리가, 나쁜 손님은 일본에 떠넘기게 되는 거군요."

"정확합니다."

"재미있네요."

로버트는 씩 웃었다.

확실히 크라우드 펀딩으로 사람들을 모집한다고 하면 이자를 낮추려고 한 푼이라도 넣으려고 할 테고, 그들은 무조건 이쪽으로 넘어올 테니까.

"부사머니뿐만 아니라 일본계 회사들은 심각한 타격을 입을 겁니다, 후후후."

애국머니 사람들은 무슨 대출에 애국을 붙이냐고, 아무리 이미지 장사라고 하지만 애국은 너무했다고 생각했다.

하지만 일본계 사채에서 벗어나자는 것과 순수익의 20%를 상이군경과 독립운동가의 후손에게 쓴다는 소식이 전해지자 애국머니라고 할 만하다면서 고개를 끄덕거렸다.

당연하게도 1천억의 펀딩 금액은 금방 찰 수밖에 없었다.

물론 그 금액의 대부분은 노형진의 자산이다.

노형진은 진짜로 그걸 받아서 메꾸려고 한 게 아니다.

홍보와 동시에 돈을 빌린 사람들을 꼬시기 위해 한 행동이었다.

　물론 목표액은 넘었지만 시간은 아직도 많이 남았기 때문에 너도나도 펀딩으로 몰려가기 시작했다.

　한국계 회사들은 별 타격이 없었다.

　하지만 일본계 회사들은 타격이 컸다.

　"뭐라고? 상환이 벌써 800억이 넘어?"

　"네, 아무래도 모조리 그 애국머니 쪽으로 달려간 탓인 것 같습니다."

　부사머니의 사장인 한태주는 말문이 막혔다.

　상환액이 800억이라면 그 이자만 1년에 180억이 넘는다.

　"애국머니? 그 새끼는 뭐야? 도대체 어디서 튀어나온 놈이야!"

　"저희도 잘 모르겠습니다. 추적해 봤지만 지주회사가 해외에 있어서…….."

　"그러니까 한국에 있지도 않은 놈들이 한국에서 애국 타령하고 있단 말이야?"

　"그렇습니다."

　"니미, 씨발. 그게 말이 된다고 생각해?"

　한태주는 입술이 바짝바짝 말랐다.

　애국머니가 활동한 지 채 2주도 지나지 않았다.

　그런데 상환액이 무서울 정도로 늘어나고 있었다.

　"이래도 되는 거야?"

이것이 삶이다

"현행법상 불법은 아니랍니다."

영업을 방해한 것도, 그렇다고 법정이자보다 높이 받는 것도 아니다.

특정 기업을 노린 것도 아니고 일본계 자금을 노리는 건데, 기업도 아니고 자금에 명예훼손 운운하는 건 불가능하다.

"와, 미치겠네. 이거 해결책은 없는 거야?"

"그게 문제입니다. 저쪽 자산이 얼마인지 알 수가 없습니다. 우리뿐만 아니라 다른 일본계 기업들 역시 상환 대상이라서…….'"

마땅한 대응책이 없는 상황에서 애국머니가 밀려드는 상황에 한태주는 어찌할 바를 몰랐다.

"문제는 그것뿐만이 아닙니다."

"그게 무슨 소리야?"

"저놈들이 데리고 가는 건 양질의 채권자뿐입니다. 악성 채권자들은 심사에서 떨어뜨려 안 가지고 가고 있습니다."

"그 말은?"

"이러다가는 우리에게 악성 채권만 남게 생겼습니다."

"……."

악성 채권은 심각한 문제다.

강제로 압류하려고 하자니 일이 커지고 안 하자니 곤란한, 계륵 같은 거다.

그리고 그 비율이 늘어날수록 회사의 타격은 심각하게 커진다.

"상대방이 누군지도 모르는 상황에서 무조건적으로 방어만 할 수는 없습니다. 더군다나 상대방이 우리를 공격하는 게 명확한 상황에서는요."

"그러면 대응책은?"

다들 눈만 데굴데굴 굴렸다.

그럴 수밖에 없는 게, 대응책이라는 게 없으니까.

대출을 받는 사람들에게 있어서 이자는 예민한 부분이다.

대출 회사에 의리를 지킬 이유가 없기 때문이다.

하물며 1%도 아니고 기본이 6% 차이고 펀딩 여부에 따라서는 9%까지 차이가 나니, 사람들이 애국머니로 가지 않을 이유가 전혀 없다.

"우리가 이율을 낮추는 건?"

"그러면 쩐주에게 줄 돈이 없습니다."

"큭."

그렇잖아도 쩐주들의 불만이 높다.

과거에 한국의 최대 이율은 40%가 넘었다. 하지만 계속 줄어서 현재는 24%다.

당연히 그만큼 이득이 줄었고, 일본에 있는 쩐주들은 그게 불만이었다.

그런데 더 줄인다?

"쩐주들한테 주는 돈을 유지하고 이자율을 낮춘다면?"

"그러면 무조건 적자입니다. 그것도 심각하게요."

"도대체 저 새끼들 뭐야!"

홍보? 사실 의미가 없다.

조건이 같다면 모를까, 아무리 홍보한다고 해도 결국 사람들이 돈을 빌리는 곳은 이자가 낮은 곳이니까.

더군다나 애국머니는 신규 대출이 아니라 대차 상환을 목표로 하는 곳. 즉, 이쪽에서 사람들이 이탈하는 걸 막을 방법이 없다는 것이다.

"그놈들이 광고도 얼마나 때리는지, 우리 광고 나가면 그 뒤에 따라 들어옵니다."

"환장하겠네."

아직 사채 기업의 광고가 제한되지 않는 상황이기 때문에 방송에서는 사채 회사에 대한 광고가 하루가 멀다 하고 나오고 있다.

그런데 그 뒤에 붙어서 계속 나오니, 일본계 기업의 입장에서는 돌아 버릴 지경이었다.

"우리가 어떻게 할 수 있는 게 없는 거야?"

"이자율 자체가 싸움이 안 되니까요."

"닝기미."

한태주는 이를 빠드득 갈았다.

"알았어. 나가 봐."

"네?"

"나가 보라고! 여기서 회의한다고 해결책이 나오는 건 아니잖아!"

"아, 알겠습니다."

직원들이 회의실에서 나가자 한태주는 전화기를 들었다.

"안녕하십니까?"

아까와는 다르게 확연하게 공손한 모습.

"여기 부사머니의 한태주 사장입니다. 네. 아이고, 별말씀을요. 그런데…… 문제가 생겼습니다."

아무도 없는 회의실에서 그의 대화는 계속되고 있었다.

노형진은 애국머니의 대표로 자신을 올려 두는 멍청한 짓은 하지 않았다.

이쪽이 만만하게 보여야 상대방이 덤벼들기 때문이다.

물론 자금 흐름의 문제상 해외 쪽으로 자산을 돌려놨지만, 주주를 감추는 것은 일도 아니다.

애국머니의 사장은 박창영이라는 사람이었다.

할아버지가 독립운동가였지만 다른 애국자들과 마찬가지로 독립운동에 재산을 탕진하고, 독립 후에도 친일파 정부의 방해와 감시로 결국 가난하게 근근이 살아가던 사람이었다.

당연하게도 기회가 왔을 때 그는 그걸 잡을 수밖에 없었다.

"그만하시죠. 시장을 흐트러트리지 마시고요."

다짜고짜 박창영을 찾아온 사람은 무거운 얼굴로 말했다.

"누구십니까?"

"당신이 알 만한 사람 아닙니다. 하지만 위에서는 상당히 불편해하고 있습니다."

"그게 무슨 말씀이신지?"

"이율을 높이라 이 말씀입니다."

박창영은 눈을 찌푸렸다.

"우리가 왜요?"

"시장에는 나름의 규칙이라는 게 있습니다. 그런데 그쪽에서 철저하게 그 규칙을 부수고 있지 않습니까?"

"저는 법정이율 이하로 받고 있는데요."

"다른 기업들과 마찬가지로 24%까지 올리세요. 그러지 않으면 재미없을 겁니다."

상대방은 다짜고짜 찾아와서 신분도 밝히지 않고 그렇게 말하고는 떠났다.

하지만 박창영은 이미 이런 일이 벌어지리라는 것을 알고 있었다. 그랬기에 딱히 부담을 느끼거나 하지는 않았다.

그는 바로 전화를 들었다.

전화를 받은 사람은 다름 아닌 노형진이었다.

─여보세요.

"박창영입니다. 그 전에 말씀하신 그 사람들이 온 것 같은데요."

　노형진은 잠깐 침묵을 지켰다.

　—드디어 시작이네요. 준비는 다 끝났나요?

　"네, 모든 준비는 완벽하게 끝났습니다."

　—좋습니다. 그러면 그냥 무시하세요.

　노형진은 박창영과의 통화를 끝낸 후에 창밖을 바라보면서 미소 지었다.

　"그렇게 나올 거라 생각했지, 후후후."

　합법적으로 노형진을 막을 수는 없다.

　그렇다면 불법을 쓰는 수밖에 없다.

　"어디 한번 싸워 보자고, 대통령 각하. 누가 이길지 말이야."

　노형진은 청와대가 있는 방향을 바라보면서 차갑게 말했다.

다음 권으로 이어집니다

이것이 법이다

공작가 장남은 군대로 가출한다

로튼애플 퓨전 판타지 장편소설

멸망이 예견된 대륙에서 벌어지는 신들의 한판 게임!
차원을 뛰어넘어 신들조차 때려잡을 게임 브레이커가 나타났다!
『공작가 장남은 군대로 가출한다』

끝없이 몰려오는 몬스터의 파도를 맞아
최후의 최후까지 버티던 이정후, 아니 제이든 레온하르트
10여 년 전, '신의 게임'이라는 이름하에 이계로 떨어진 후
생존을 위해 발악하였으나
제국 최강의 가문까지 말아먹고 드디어 죽음을 목전에 둔 순간!

> 축하합니다. '이정후' 님께서는
> 갓 게임 베타테스터 중 최후까지 살아남으셨습니다.

……이 모든 일이 베타테스트였다고?

최후의 생존자 특전으로
본게임에서 남들보다 10년 먼저 시작하게 된 제이든
전 대륙을 덮치는 몬스터 웨이브에서
오직 '살아남기 위해' 그가 선택한 길은 바로
대몬스터전 최전방 북부군에 자원입대하는 것!

온 대륙에 멸망의 징조가 나타날 때
군대로 가출했던 그가 돌아온다!
강철의 검과 대륙 최강의 신수神獸로 세상을 구원하라!

산보 신무협 장편소설

무림세가 전생랭커

카카오 페이지를 뒤흔든 화제작!
무협과 네크로맨서의 미친 콜라보!

자타 공인 최강의 사령술사, 불사왕 강태하
길드에 배신당하다!

원치 않은 죽음, 원치 않은 무림행
정체불명의 기억과 혈교에 잡아먹힌 가문
무공 하나 모르는 망나니의 몸까지

"나 아직 안 죽었다!"

부족한 무공은 사령술로 때우고
무인 스켈레톤에서 뽑아낸 무공을 익히며
무림 최강자로 돌아올(?) 강태, 아니 유신운!

언데드의 파도엔 브레이크가 없다!
무공 쓰는 네크로맨서의 화끈한 무림 구원기!